光文社文庫

長編推理小説

十津川警部 西伊豆変死事件

西村京太郎

光 文 社

目次

第一章　二人の女

1

四月七日は、朝から、雨模様の天気だった。春の嵐とでも、いったらいいのか、風がやたらに強い。

ただ、雨が降りそうで、降らなかった。

この日、西新宿にある、ホテルKの、三階の女性用トイレで、殺されている女性が、発見された。

時刻は午後一時五分前。発見者は、たまたま、このホテルKの、同じ三階にある、ティールームで、友人と会っていた、女子大生の安藤美奈、二十二歳である。

便器の横に、うつ伏せに倒れていた女性は、背中から、血を流しており、殺されたことは、誰の目にも、明らかだった。

ホテルから一一〇番があり、八分後に、警視庁捜査一課の刑事と鑑識が到着した。

現場で指揮に当たる十津川警部は、まず、問題のトイレの入口に、テープを張り、その後、殺されている女性を、仰向けにして、調べていった。

被害者が倒れていた個室のドアには、中から、鍵がかかっていなかったというから、犯人が、被害者の跡をつけてきて、一緒に個室の中に、入って来ていきなり、背後から刺したのだろう。

傷は四ヵ所あった。いずれも、かなり深いものだった。

「被害者が、これだけ出血していれば、犯人も、かなり返り血を、浴びたんじゃないのかな」

と、鑑識官が、いった。

(しかし)

と、十津川は、思った。

今日は、四月七日、春は浅く、その上雨模様の天気である。風も強い。その風が、少し冷たいから、犯人がコートを着ていても、少しもおかしくないだろう。

だとすれば、返り血を浴びていても、そのコートで、その血を隠して、立ち去ったのかもしれない。

被害者の所持品と思われる、ハンドバッグは、便器の横に、落ちていた。そのハンドバッグの中に、西本刑事が、運転免許証が入っているのを見つけて、十津川に渡した。免許証に書かれていた名前は、中川真由美、三十六歳、住所は、足立区千住の、マンションになっていた。

「住所が、東京だとすると、このホテルの泊まり客ではないかもしれないな」

と、十津川が、いった。

鑑識が、現場の写真や指紋を採取している間、十津川は、第一発見者の安藤美奈に会った。

安藤美奈は、自分はS大の学生で、今日は、女友だちとこのホテルの、三階にあるティールームに来て、おしゃべりを楽しんでいたが、途中で、トイレに行きたくなり、同じ三階にある、女性用トイレに入った。一つだけ、ドアが、開いている個室があって、何気なく覗いたら、女性が血まみれで倒れていたので、驚いてホテルの人を、呼びに行ったのだという。

殺人事件の現場を、目撃したせいか、安藤美奈の顔は、まだ青い。

「あなたが、この、女性用トイレに入る時、急いで出ていく、不審な人間を、見ませんでしたか？」

十津川が、きいた。

「いいえ、誰も、見ていません」

「死体を発見した時の、正確な時間は分かりますか？」

「正確な時間と、いわれても困るけど、一時少し前でした。たぶん、五、六分前だと思います」

「その時、被害者の背中から、まだ、血が流れ出ていましたか？」

「ビックリしてしまったので、よく、覚えていませんけど、おそらく流れていたと、思います」

と、美奈が、いった。

十津川たちが、到着した時、被害者の背中から流れた血は、乾き始めていたから、安藤美奈の証言は、そのまま、受け取ってもいいだろう。

この後、十津川は、ホテルのフロント係を呼んで、殺された、中川真由美が、ホテルの泊まり客かどうかを聞いてみた。

「お泊まりになっていらっしゃるお客様では、ありません」

フロント係が、いった。

十津川は、やはりと、思った。

東京都内の北千住あたりが、住所だとすれば、わざわざ都内のホテルに、泊まったりはしないだろう。たぶん、三階の、広いティールームで、誰かと、待ち合わせていたに違いない。

亀井刑事と日下刑事の二人が、被害者の運転免許証のコピーを持って、同じ三階にある、ティールームに行き、そこで働く、ウェイトレスやボーイに、お客として、この女性が来ていなかったかどうかを、聞いてみた。

亀井たちは、その答えを、持って戻ってきて、十津川に報告した。

「ここのティールームには、二十人近い、ボーイとウェイトレスが働いていますが、全員に、免許証を見せたところ、誰も目撃してはいないとの返事です。ですから、被害者は、ティールームに行かずに、トイレに寄り、犯人に殺害されたものと、思われます」

「しかし、トイレを借りるためだけに、わざわざ北千住から、ここまでは来ないだろう」

「そうですね」

「被害者は、たぶん、ティールームで、誰かに会うために、ホテルにやって来た。その前に、トイレに寄ったんじゃないか。発見者が、一時五、六分前に、死体を見つけたといっている。これは、推測でしかないが、午後一時に、誰かと、三階のティールームで、会うことになっていたんじゃないだろうか？」

十津川は、三田村と北条早苗の、二人の刑事に、被害者の免許証のコピーを渡しながら、

「この住所を訪ねて、周辺の住民に、話を聞いてこい」

と、指示した。

2

三田村と北条早苗の二人は、地下鉄を使って、足立区千住の、被害者のマンションを、訪ねていった。

中川真由美の自宅は、地下鉄北千住駅から歩いて、七、八分のところにある、七階建てのマンションだった。

二人の刑事は、まず、管理人室に行った。

警察手帳を見せてから、中川真由美の名前を告げると、六十代と思われる管理人は、

「中川真由美さんなら、六〇五号室に、お住まいですが」

「実は、中川さんが、午後一時少し前に、西新宿のホテルで、他殺体となって、発見され

たのですよ」

三田村がいうと、管理人は、「エッ」という顔になって、

「本当ですか？　あの中川さんが、殺されたんですか？」

「本当です。中川真由美さんですが、家族の人も一緒に、六〇五号室に、住んでいるんですか？」

「いえ、中川さんは、お一人です」

「中川さんのお仕事については、ご存知ですか？」

北条早苗刑事が、きいた。

「実際に、見たわけではありませんが、何でも、北千住駅近くのクラブで、働いているという話を、聞いたことがありますよ」

「そのクラブの、ホステスさんということですか？」

「いえ、ホステスではなくて、ママさんですよ。あまり、大きくはない店だそうですけどね」

「こちらのマンションには、いつから、住んでいるんですか？」

三田村が、きいた。

「一年半くらい前からですよ」

運転免許証に、書かれていた免許取得の時期は、今から五年前の、六月十四日になっている。

「このマンションに来る前、どこに、住んでいたか分かりませんか？」

「分かりませんね。そういう話は、したことはありません。私が知っているのは、一年半前からです」

管理人が、繰り返した。

「中川真由美さんのところに、男性が、訪ねてきたことは、ありませんか？」

今度は、早苗がきいた。

「私が、知っている限りでは、なかったような気がしますよ。多分、中川さんに用のある人は、店のほうに、行っていたんじゃありませんかね」

その店の名前は、「クラブ中川」だというが、この時間では、まだ閉まっているだろう。

二人の刑事は相談して、三田村刑事は、被害者の部屋、六〇五号室を調べることにし、北条早苗は、足立区役所に、向かった。

北条刑事は、戸籍係で、中川真由美の住民票を、見せてもらった。

管理人がいった通り、中川真由美は、一年半前に、山梨県笛吹市の石和町からこちらに、住民票を、移していた。

早苗は、携帯を使って、笛吹市役所に、電話した。

中川真由美の名前をいい、住民票にあった、笛吹市内の住所を告げ、彼女が、山梨県笛吹市の、生まれかどうかを、聞いてみると、相手は、

「中川真由美さんは、石川県七尾市の和倉町から、転入してきていますね」

早苗は、少しばかり、呆れていた。

中川真由美は、住所を、転々と変えているのである。

(こうなったら、最後まで、追いかけてみよう)

早苗は、今度は、石川県七尾市の市役所に、電話をしてみた。

石川県七尾市には、金沢から、住民票が移されたと、戸籍係は、教えてくれた。

次に、金沢市役所に電話をすると、ここでも、静岡県浜松市から移ってきていたと、教えられた。

こうなると、意地である。今度は、浜松市役所に電話をしてみた。

やっと、ここで、異動が止まっていた。

浜松市役所の答えによると、中川真由美は、ここ、浜松市の生まれだが、両親は、すでに亡くなっている、ということだった。

「兄弟はいないんですか?」

と、きくと、

「いないようですね。両親が亡くなった後は、中川真由美さんの名前しか、記載されていませんから」

と、いった。

早苗が、被害者のマンションに、引き返すと、同僚の三田村刑事は、まだ、六〇五号室にいた。

早苗が、部屋の中に入っていくと、三田村は、

「室内を丹念に調べてみたんだが、事件の参考になるようなものは、何も、見つからないね」

と、いった。

2LDKの部屋である。贅沢(ぜいたく)な調度品こそ見当たらなかったが、さすがに、クラブのママを、やっているというだけあって、クロゼットには、ブランド物の、服やハイヒールやハンドバッグなどが、ズラリと並んでいた。

「寝室にあった、手提げ金庫の中には、現金が五十三万円と、M銀行の預金通帳があった。通帳の残高は、六百二十三万円になっているが、しかし、事件の参考になるような、手紙の類(たぐ)いや写真などは、何も、見つからなかったよ」

三田村が、いった。

3

死体は、司法解剖のために、東大病院に運ばれ、新宿警察署に、捜査本部が置かれた。

三田村刑事と、北条早苗刑事が、十津川に報告した。

「被害者が、住んでいたマンションは、北千住駅から、歩いて七、八分のところにある、2LDKの部屋です。賃貸で、家賃は、月十八万円だそうですが、最初の感想は、ずいぶんと凸凹のある部屋だなと、思いました」

「凸凹というと？」

「クラブのママをやっていた、ということですから、ああいう、部屋の様子は、逆に普通なのかもしれませんが、クロゼットの中にあった服や靴や、あるいは、ハンドバッグなどは、全て、ブランド物でした。それなのに、テレビや椅子、ソファーなどは、明らかに安物だと、思われるものでした」

と、三田村が、いった。

三田村に続いて、北条早苗が、報告した。

「北千住のマンションには、一年半前から、住んでいたようですが、その前は、どこに住んでいたのかと思い、それを追っていったのですが、驚いたことに、金沢、和倉、石和など、住所を転々と移しています。生まれたのは、浜松市内ですが、両親は、すでに、死亡しています。兄弟もいないようです」

十津川は、ホワイトボードに、北条早苗が報告した通りの場所を、書き並べていった。浜松に始まって、金沢、和倉、石和、東京と、並べて書いていく。

書き終わったところで、十津川は、

「これを、どう、解釈したらいいかね？」

と、刑事たちに、聞いた。

「この転居は、普通じゃありませんね。追われて、逃げ回っているような感じがします」

田中刑事がいうと、片山刑事も、

「たしかに、そうですが、逆に、誰かを追って、転々と、住所を変えているようにも見えます」

「こうやって、各地を転々としている間に、被害者、中川真由美は、結婚をしなかったのかね？　確か、彼女は、現在、三十六歳のはずだが」

十津川が、いうと、早苗は、

「私も、そのことを疑問に思ったので、各市役所に、問い合わせてみましたが、どこでも、住民票には、中川真由美という一人の名前しか、書いてないそうです。男はいたかもしれませんが、正式には、結婚していませんね」

と、いった。

「気になるのは、トイレの中にも、ハンドバッグにも、携帯電話がなかったことだ。マンションのほうは、どうだ？　携帯電話は、なかったかね？」

十津川が、きくと、三田村刑事は、

「探しましたが、見つかりませんでした。被害者は、携帯を持って出たんだと思いますね。商売柄、携帯は、絶対に必要なものだったと、思います」

「そうなると、中川真由美を殺した犯人が、彼女の携帯を、持ち去ったということになるのか」

十津川が、呟いた。

夜になって、十津川は、亀井と二人で、北千住駅近くの、雑居ビルの中にある、「クラブ中川」を訪ねていった。

さして広い店ではない。

店内には、八人のホステスとバーテンが一人いて、誰もが、落ち着かない顔で、ソファーに座っていた。

十津川はまず、バーテンに、きいた。

「今日、西新宿のホテルで、この店のママの中川真由美さんが、殺されたことは、もちろん、知っていますね？」

「ええ、テレビで見ました。ビックリしています」
三十五、六歳に見えるバーテンが、いったが、それほど驚いた風でもない。
十津川は、さらに、

「今日は、あなたの他に、ホステスさんが八人いるみたいですが、いつもは、全部で、何人いるんですか？」

「バーテンは、私一人ですが、ホステスは、全部で、十五人です」

「すると、今日は、七人が、欠勤しているということになりますね？」

「多分、ママが殺されたと聞いて、店に来るのを、ためらっているのかもしれませんね。ママのことを、いろいろと聞かれるのが、イヤなんじゃありませんか？」

と、バーテンが、いった。

九時を過ぎても、客の姿は、ほとんどなかった。たまに、顔を出しても、ああ、やっぱり、ママはいないのかと思ってか、そそくさと、帰っていった。

十津川にとっては、客がいないほうが、バーテンやホステスから、話を聞きやすかった。

「ママの、中川真由美さんを目当てに、店に通ってくるお客も何人か、いたんじゃないですか？」

十津川が、ホステスの一人に、きいた。

「ええ、何人かは、もちろん、いらっしゃいましたよ。何しろ、ママは美人だし、話もうまかったから」

と、年かさのホステスが、答えた。

「ママと、常連のお客との間で、何か、トラブルのようなものは、なかったんですか？例えば、金銭関係や、あるいは、異性関係とかだけど、そんな話を聞いたことはありませんか？」

亀井が、きくと、ホステスの一人が、

「そんなこと、全く、ありませんでしたよ」

「しかし、ママさんを目当てに、店に通っていたお客も、何人か、いたんでしょう？　そのお客同士で、モメたり、口論になったことは、なかったんですか？」

「いいえ、一度も、ありませんよ。ママさんは頭がよくて、そういうことには、慣れてたから」

「この店は、ママさんのものなの？　それとも、ママさんに、いいスポンサーがいるのかな？」

十津川が、きいた。

「ママには、いいスポンサーがついてると聞きましたけど、具体的にどこの誰かは、知りません」

答えたのは、バーテンだった。

「今、ここにいらっしゃる全員から、今日の午後一時頃、どこにいたかを、お聞きしたいと思います。今日、店に来ていない七人のホステスさんの名前と、住所も教えて頂きたい」

バーテンと八人のホステスが、それぞれ、自分の、アリバイを主張するのを、亀井が、手帳に、書き留めていった。

その後、今日休んでいる、七人のホステスの名前と住所、電話番号を聞いて、それも、手帳に記入した。

十津川たちが、店を出ようとすると、バーテンが、

「明日から、私たちは、どうしたらいいでしょうか？　これまで通りに、店を開いても、構（かま）いませんか？」

「もちろん、構いませんよ。この店の中で、殺人事件が、あったわけじゃありませんからね」

と、十津川は、答えた。

翌日から、殺された中川真由美の、交友関係、特に異性関係を、徹底的に調べることになった。

また、浜松の警察署に依頼をして、中川真由美の少女時代のことや、彼女が、浜松から飛び出した時の、模様も調べてもらうことにした。

浜松中央警察署からの回答は、ファックスで、届けられた。

〈ご照会のあった中川真由美は、今から、三十七年前の七月十日、浜松市内に住んでいたサラリーマンの中川恵一（けいいち）、綾子（あやこ）夫妻の間に、長女として、生まれています。

父親の中川恵一は、浜松市内の楽器工場に勤務しており、そこで、経理の仕事をやっておりました。妻の綾子は、専業主婦です。

中川真由美は、地元の小中高校と進学し、高校を、卒業すると、浜松を出たと思われますが、その正確な年月日は、分かりません。

両親は、五年前に、父親の、中川恵一が脳血栓（のうけっせん）で倒れ、そのまま、病院で、亡くなっております。

その一年後、母親の、中川綾子も病死しています。

この両親の死因に、不審な点はありません。

ただ、父親の中川恵一、母親の中川綾子、それぞれの葬式に、一人娘の、中川真由美は、参列しておりません。本来ならば、娘の、中川真由美が二つの葬儀の、喪主を務めるべきところですが、なぜか、浜松には帰ってきておりませんでした。

そこで、浜松在住の遠い親戚が、喪主を務めています。

中川真由美が通った、小学校、中学校、高校、それぞれの担任の教師に、中川真由美という生徒は、どんな生徒であったかを、聞いてみました。

小学校の教師によると、中川真由美は、可愛い顔をしていて、足が速く、運動会では、いつも、短距離走に出場していて、何回か、優勝していたそうです。

次は、中学校の担任の話ですが、卒業文集には、中川真由美は、将来、タレントになりたいと、書いていたそうです。

学業は、一年から三年までを通して、クラスで、十番目前後の成績でした。

最後は、高校時代の、担任教師の話です。

高校時代の中川真由美は、美少女として通っていました。少々、気が強い面がありましたが、明るい性格だったので、男子生徒の中には、中川真由美のことが好きで、アタックをした生徒も、高校の三年間を通して二、三人は、いたと思います。

しかし、別に、問題らしいことは、何も起こさず、中川真由美は、普通に、高校を卒業していきました。

その後、中川真由美の消息については、ほとんど何も分からない、といってもいい状況です。連絡もなく、何をしているのかも分からなかった。

これらが、小中高の担任教師の証言です。

高校時代の、同窓生には、今も浜松市に、住んでいる者もいますし、さらに、遠い親戚の者にも、話を聞いたのですが、中川真由美が、浜松に帰ってきたという話は、聞けませんでした。

ですから、中川真由美は、郷里浜松に対して、帰りたい故郷という気持ちは、なかったのではないでしょうか？

以上です〉

捜査が開始されて、四日目。捜査会議で、それまでに、分かったことを、十津川が、三上本部長に、報告した。

「被害者の中川真由美という、三十六歳の女性ですが、三日間、彼女のことを、調べていての感想は、とらえどころのない女性だ、ということです」

「どうしてだ?」

「彼女は、浜松に、生まれましたが、高校を卒業すると同時に、浜松を離れたと、思われます。興味があるのは、ホワイトボードに書いた通りに、各地を、転々としていることです。金沢、和倉、石和と、次々に住所を移しています」

「何のために、そんなことをしていたんだ?」

「その点は、まだ、分かりません」

「ほかには?」

「次に、殺人現場の女性用トイレですが、ホテルKには、同じ三階に、広い庭に面した、大きな、ティールームがあります。これは、想像ですが、中川真由美は、誰かに会うために、西新宿のホテルKに、行ったものと思われます。おそらく、三階のティールームで、誰かと、午後一時に待ち合わせをしていて、その前に、トイレに寄ったところを、何者かに、背中を四ヵ所も刺されて、殺されてしまったと考えます。この四ヵ所の傷は、司法解剖の結果、そのうちの二つが、心臓と肺にまで達していて、どちらか一ヵ所だけでも、致命傷となっただろうということです。それなのに、四ヵ所も刺したということは、犯人の憎しみの強さを、示しているのかもしれません」

「事件があったのは、四月七日の何時頃だ？」

「刺殺されたのは、四月七日の午後一時少し前と、思われます。背後から、四ヵ所も刺されているので、犯人は、かなりの、返り血を浴びたと思われるのですが、血まみれで、ホテルKの三階から、逃げていった怪しい人間を見たという証言は、一つも得られませんでした」

「それは、どうしてだと、思うんだ？」

「当日は寒かったので、犯人は、薄手のコートを持っていて、返り血を、そのコートで隠して、逃走したものと思われます」

「凶器は、見つかっているのかね？」

「見つかっていないので、犯人が持ち去ったものと思います。それから、中川真由美が持っていたと、思われる携帯電話も、見つかっていません」

「ほかには？」

「次は、中川真由美が、ママをやっていた、北千住駅近くの『クラブ中川』について、報告します。亀井刑事と一緒に、雑居ビルの三階にある、そのクラブを訪ねていったところ、バーテン一名、ホステス八名が、集まっていました。すでに、ママの中川真由美が、殺されたことは、知っていたようでしたが、店に出ていいものかどうか分からず、他のホステス七名は、欠勤していると教えられました。バーテンとホステスの話によると、中川真由美が、店のママになったのは、一年半前のことで、美人で、愛想もよかったので、店に来るお客の中には、彼女目当ての男が、何人かはいたそうです。ただし、お客との間に、問題を起こしたことは、一度もないと、証言していますが、本当かどうかは分かりません」

「これから、どう捜査をしていくつもりかね？」

と、三上が、きく。

「司法解剖の結果から見ても、傷が深く、しかも、四ヵ所も、刺していることから、犯人は、被害者に対して、かなり強い恨みや憎しみを持っていたものと、考えられます。そこで、被害者、中川真由美の交友関係、中でも、彼女がママをやっていた、北千住のクラブの従業員と、常連客について、徹底的に、調べてみるつもりです。おそらく、容疑者は、この中に、いるものと思われますので、意外と簡単に、見つかるのではないかと期待しています」

と、十津川は、いった。

捜査が進められたが、十津川の期待とは裏腹に、なかなか、これという容疑者は、浮かんでこなかった。

ところが、七日目の、四月十三日の午後になって、事件は、意外な方向へ、展開していった。

この日、静岡県警から、突然、捜査本部に、電話がかかってきた。静岡県伊豆半島の、堂ケ島を管轄する警察署からである。

電話をしてきたのは、池内という、静岡県警捜査一課の、警部だった。

相手が、西新宿殺人事件の捜査の責任者と話したいというので、十津川が、電話に出ると、池内警部は、いきなり、

「西新宿の殺人事件ですが、殺されたのは、中川真由美、三十六歳で、間違いありませんか？」

と、きく。

「ええ、間違いありません。被害者が持っていたハンドバッグの中に、中川真由美名義の運転免許証が入っていましたし、彼女が、生まれたのは、浜松市だということも、分かりましたから」

十津川が、いうと、相手は、

「実は、そちらの事件の被害者が、中川真由美、三十六歳と分かって、こちらでは、どこかで、聞いたような名前だなと思っていたのですが、気になって、調べてみたところ、五

年前に、堂ケ島の沖合で、漁船が発見した、水死体があるのです。三日間、海に浮かんでいたということで、体も顔も、膨らんでいましたが、その後の調べで、間違いなく、この水死体は、浜松出身の、中川真由美だと、分かったんですよ。外傷はなく、司法解剖をした結果、溺死と分かったので、事件性はないと、考えました。ところが、今回、東京の事件で殺された、被害者が中川真由美と聞いて、こちらでは、ビックリしています。何しろ、中川真由美は、すでに、五年前の八月に、堂ケ島の沖合で、死んでいますから」

池内警部が、いった。

十津川は、驚いて、

「そちらが、溺死体を、中川真由美と断定した根拠は、何だったんですか？　運転免許証は、こちらで、確保していますから、それで確認したわけではないでしょう？」

「たしかに、溺死体が、発見された時、運転免許証などの、身許が分かるようなものは、身につけていませんでしたし、携帯電話も、持っていませんでした。しかし、五日前から、堂ケ島のホテルに泊まっていて、宿泊者名簿によると、住所は、浜松市内、名前は中川真由美、年齢は、当時三十二歳となっていました。浜松の両親は、まだ健在でしたので、すぐに、二人に来てもらい、死体を確認してもらいました。そうすると、父親も母親も、口を揃えて、娘の、真由美に間違いないと、証言したので、中川真由美、三十二歳と、断定

「捜査はしたのです」

「捜査はしたんですか?」

「今も、申し上げたように、外傷もなく、溺死と断定されたので、その後、捜査はしませんでした。それで、五年前のこの事故のことは、すっかり、忘れていたのです。昨日になって、東京で殺されたのが中川真由美だというので、驚いて、こうして、電話をしているわけです」

「中川真由美の両親は、遺体を見て、どんなことを、いっていたんですか?」

「娘の真由美は、高校を卒業するとすぐ、浜松から、出ていってしまいました。その後、何の連絡もなかったので、どこで、何をしているのか、全く、分かりませんでした。それが突然、西伊豆の、堂ケ島で溺死体となって発見されたと聞かされたので、驚いて駆けつけました。両親は、そんなふうに、いっていましたね」

「池内さんは、さきほど、三日間、海中にあったので、体全体も、顔も、膨らんでしまっていたと、おっしゃいましたよね? それなのに、なぜ、高校を卒業した後、全く、会っていなかった両親が、娘の真由美に間違いないと、断定できたんでしょうか?」

「ほかにもいくつか、中川真由美だと、断定した理由があります。第一は、その時、着ていた上着の裏に、中川という名前が、刺繍(ししゅう)されていたことです。それから、今も申し上げたように、彼女は、事件の五日前に、堂ケ島のホテルMに、チェックインしているのですが、その時、宿泊者名簿に、中川真由美と書き、浜松市内の住所を、書いているのです。それにプラスして、両親が、自分たちの娘に間違いないというので、こちらとしては、信用するしかなかったのです。もし、あれが殺人事件だったら、調べていますがね。私は、今でも、あの溺死者は、中川真由美だと思っています」

「五年前の、八月ですか？」

「そうです。溺死体が、漁船によって、発見されたのは、五年前の八月十日、その五日前の、八月五日に、中川真由美は、堂ケ島のホテルMに、チェックインしています」

「そちらでは、五年前の八月に堂ケ島の沖合で、発見された溺死体が、今でも、中川真由美に間違いないと、思っておられるわけですね？」

「ええ、そう、確信しています。くり返しますが、何しろ、五年前の八月、堂ケ島のホテルMにチェックインした時に、浜松の住所と、中川真由美という名前を、書いていますからね。それに、両親も自分の娘の中川真由美に間違いないと断定しているのです」

「五年前の、その溺死体ですが、血液型は分かっていますか？」

「B型でしたよ」

と、池内警部が、いう。

西新宿で殺された、女性の血液型も、同じB型である。

しかし、B型だからといって、中川真由美本人だとは、断定できない。

さらに、池内警部は、溺死体が堂ケ島沖で発見されてから、すでに、五年もの月日が経っているから、今になって、その死体をもう一度、調べるわけには、いかないという。死体は、すでに、茶毘に付されてしまっているからである。

そうなると、こちらで、どちらの中川真由美が、本人であるかを調べて、判断しなければならないことになってしまった。

十津川が、静岡県警からの電話の内容を、三上本部長に告げると、三上も、さすがに、驚いた顔になって、

「中川真由美は、すでに、五年前に死んでいることに、なっているのか？」

「そうです。外傷もなく、溺死だったので、事故死か自殺の可能性しか、考えられず、捜査はしなかったと、いっています」

「年齢も、合っているんだな？」

「そうです。現在、三十六歳ですから、五年前に溺死体で発見された時には、三十二歳だったと、県警はいっています」

「殺人事件ではないので、捜査をしていないわけか？」

「そうです」

「指紋は？」

「指紋も、採っていないそうです」

「では、こちらで判断しなければ、ならないわけか？」

「そうですが、両親も、すでに死亡し、兄弟もいないので、難しいかもしれません」

「しかし、こちらには、運転免許証があるじゃないか？　殺された女性と、運転免許証の写真を比べてみて、どうなんだ？　同一人物に見えるんだろう？」

「免許証の写真が、小さいので、断定はできませんが、写真と、殺された女性は、よく似ていると、思っています。ただ、中川真由美が、免許を取ったのは、五年前の六月十四日になっていますから、西伊豆で死体となって、発見された時には、すでに、中川真由美は、運転免許証を、取得していたことになります」

十津川がいうと、三上は、

「君は、いったい、何をいいたいのかね？」

少しばかり不機嫌な顔で、いった。

「運転免許証だけで、こちらの中川真由美が、本人だと、断定することはできません。彼女の方がニセ者で、本物の中川真由美から、運転免許証を奪っていたということも、考えすますために、どこかで、彼女の運転免許証を奪った。と、君はいいたいのかね？」

「いえ、ただ、可能性が、あるということを、申し上げているのです」

「五年前、西伊豆で発見された、溺死体は、三日間、ずっと、海中にあったから、体が膨れていたし、顔も、変形していた。それは、間違いないんだろう？」

「静岡県警の池内警部が、そういっていましたから、間違いないと思います」

「それなのに、どうして、彼女の両親は、その溺死体が、娘の真由美だと、分かったのかね？　私には、その点が、どうにも引っ掛かるんだ」

「何しろ、もう、五年前のことだし、二人とも、亡くなっていますから、両親が、なぜ娘だと断定したのかは分かりません」

「そうだな。両親は、もう亡くなっているんだ」

「それで、余計に、難しくなっています。今も両親が、健在ならば、すぐ、こちらに呼んで、死体を見せますが、二人が亡くなった今となっては、それもできません」

十津川が、いった。

「こちらで発見した死体を、今後、中川真由美本人かどうかを、確認することのできる人間は、誰かいるのかね？」

三上本部長が、難しい顔になって、きいた。

「今、まず頭に思い浮かぶのは、中川真由美がママをやっていた、北千住の『クラブ中川』のバーテンや、ホステスたちですが」

「それなら、すぐに、ここに呼んで、確認させればいいじゃないか？」

と、三上が、いった。

「あの店のバーテンやホステスたちに見てもらえば、死体は、ママの中川真由美に間違いないと、いうでしょう。ママは、バーテンやホステスたちに、ずっと、自分は中川真由美だと、名乗っていたはずですから。バーテンやホステスが、違うというはずは、ありません」

「それで、いいんじゃないのかね？」

「いけません。中川真由美ではない女性が、中川真由美を、名乗って、北千住駅近くの雑居ビルの中に『中川』という名前のクラブを出し、募集したバーテンや、ホステスに、自分は、浜松生まれの、中川真由美だとずっといっていれば、彼らは、そう信じてしまうはずです。これが、嘘だとしてもです」

「そうすると、『クラブ中川』の、バーテンやホステスたちの証言には、意味がないということか？」

「そうです。バーテンや、ホステスたちは、ママを、中川真由美と信じ込んで、働いていたと思われますから。死体を見て、間違いなく、中川真由美だと、いってくれたとしても、残念ながら、事実だという、根拠にはならないのです」

「そうなると、さらに、難しい問題も起きてくるんじゃないのかね？」

三上が、小さく、ため息をつきながら、いった。

三上が何をいおうとしているのか、十津川には、すぐ分かった。同じことを考えていたからである。

「そうなんです。犯人も、西新宿のホテルで、殺した女性が、中川真由美本人だと確信して殺したのかもしれませんから、犯人を逮捕しても、お前が殺したのは、中川真由美だな、と聞くのは、意味がありません。とにかく、両親が亡くなっているので、中川真由美と、断定できる人間がいないのです」

「中川真由美が、生まれ育ったのは、浜松だろう？」

「そうです。浜松の生まれで、小中高校と、浜松の学校に、通っています」

「それなら、その、小学校、中学校、高校で、中川真由美を担任した、教師を呼んで、確認させたらどうかね？　そうすれば、すぐに分かるんじゃないのかね？」

「残念ながら、うまくいかないと、思います」

「何故かね？」

「五年前、静岡県警は、発見された溺死体を、中川真由美と、断定しました。静岡県警は、両親の証言のほかに、中川真由美が通った、浜松市内の小学校、中学校、そして、高校の教師にも、死体確認を頼んだに、違いありません。その教師たちも、溺死体は、中川真由美に間違いないと証言したはずです。だからこそ、静岡県警は、死体は、中川真由美だと、断定したんです。その上で、事故か自殺のどちらかだと判断して、捜査をしなかったんですよ」

「指紋もダメか？」

「そうですね。中川真由美に、前科はないようですから、これから、死体の指紋を採取して、警察庁に照会しても、前歴者カードには、中川真由美は、載っていないから、何の役にも立たないでしょう」

「それでは、これから、どうするつもりかね？　捜査を続けていく上で、殺されたのが、浜松生まれの中川真由美か、それとも、ニセ者なのか、きちんと、断定してからでないと、うまくいかないんじゃないか？」

怒ったような口調で、三上が、十津川に、きいた。

「いえ、捜査は、それほど、難しくはならないだろうと思います。とにかく、中川真由美を殺した犯人を、見つければ、いいんですからね。中川真由美が、ニセ者だったとしてもです。それに、捜査を進めていけば、自然に、どちらの、中川真由美が本物か分かってくるはずだと、期待しているのです」

十津川は、自分にいい聞かせるように、いった。

十津川は、部下の刑事たちを集め、静岡県警からの、電話の内容を話した。

「本部長は、こちらの死体が、中川真由美本人かどうかの判断を、してからでないと、捜査が進展しないのではないかと、いわれたが、私は、そうは思っていないんだ。現に、四月七日、西新宿のホテルKで、殺人事件があり、死体が、見つかっている。死体がどこの誰であろうと、犯人を、捕まえなければいかんのだ。犯人を見つけて、逮捕すれば、自然に、どちらの、中川真由美が本物か、分かってくる。もし、こちらの被害者が、中川真由美本人ではないとしても、犯人を逮捕して、尋問すれば、そのことが自然に分かってくるはずだ。犯人が、中川真由美だと思っていて、殺したのか、ニセ者と分かっていて、殺したのか？　それも分かってくると、思っている」

十津川が、考えていることは、二つあった。

第一は、犯人を、早急に捕まえることである。

もう一つは、中川真由美が、どうして、転々と、日本各地に、住所を移したのかということである。

改めて、十津川は、ホワイトボードに、日本地図を描き、中川真由美が動いた場所を、一つ一つ、描き込んでいった。

金沢、和倉、石和、東京、そして、浜松である。

犯人が、逃げ回った軌跡のようにも見えるし、逆に、中川真由美が、誰かを追って駆け巡ったようにも、受け取れるのだ。

第二章　男の影

1

被害者、中川真由美は、静岡県浜松市で生まれ、東京で、死んでいる。

その間に、浜松から、石川県金沢市、石川県七尾市和倉、山梨県笛吹市石和、そして、東京の足立区へと、移り住んでいるのだが、詳細に調べていくと、他にも、奇妙なことが分かってきた。

浜松で生まれた中川真由美は、地元浜松の高校を卒業している。その直後に、金沢市に出ていた。

普通なら東京、あるいは、名古屋（なごや）、大阪（おおさか）といった、大都市に向かうのだろうが、どうやら、高校の同級生に、金沢生まれの友人がいて、その友だちと一緒に、金沢に行き、そこで働くようになったものと思われる。

金沢に出た直後、中川真由美は、その友だちと一緒に、ファーストフードの店で働いている。金沢には、二十三歳までいたことになっている。

問題は、その後である。

その後、彼女の住民票を調べると、同じ石川県の七尾市和倉へ行き、次は山梨県笛吹市の石和、更に、東京都足立区千住へと移るのだが、その間を調べていくと、彼女が、本当に、そこにいたのかどうかが、分からなくなってくる。

たしかに、住民票のあった場所に、彼女が住んでいたという、マンションは存在する。そこに、住民票を移しているのだが、そのマンションに、彼女が、間違いなく住んでいたという裏付けが、取れないのである。

石川県七尾市和倉町に、中川真由美が住んでいたというマンションがある。その管理人は、昼間だけ来ているという契約管理人で、マンションの部屋に、中川真由美がいたかどうかも、間違いなく、住んでいたかどうかも分からないと、いっているのである。ほとんど彼女を見ていないというのだ。

次の山梨県笛吹市石和の場合も同じだった。

その上、時期的に考えると、中川真由美が、山梨県笛吹市石和のマンションに住んでいた頃、今から、五年前の八月十日、西伊豆の堂ケ島沖で、若い女性が溺死体で発見され、この女性が、中川真由美と、発表されているのである。

浜松から来た両親は、その溺死体が、娘の真由美に間違いないと、証言し、荼毘に付されたあと、遺骨は、両親の手によって、浜松市に持ち帰られた。

ところが、その約三年後、東京の足立区千住のマンションに、中川真由美という女性が引っ越してきて、北千住駅近くに、「クラブ中川」という店をオープンさせ、そこの、ママに収まっている。その中川真由美が、今回、殺されてしまったのである。

捜査会議では、当然、このことが問題になり、十津川は、総括して、捜査本部長の、三上に報告した。

十津川は、まずホワイトボードに、中川真由美が移り住んだ場所を、順番に書いていった。

一、静岡県浜松市
二、石川県金沢市
三、石川県七尾市和倉町
四、山梨県笛吹市石和町

五、東京都足立区千住

「住民票を見る限りでは、間違いなく、中川真由美は、このように、移り住んでいます。ところが、はっきりと、そこに住んでいたという証明ができるのは、最初の浜松と二番目の金沢市と、最後の足立区千住だけなのです。その間の二つ、石川県七尾市和倉町と、山梨県笛吹市石和町に、果たして本当に、中川真由美が住んでいたのかどうかは、分かりません。たしかに、彼女が和倉町と石和町に、マンションを借りて、住民票を、移したことは分かっています。しかし、実質的に、ずっとそこに住んでいたかどうかが、曖昧なのです。また、最初の引っ越し先である金沢では、二十三歳になった時に、次の石川県七尾市和倉町に引っ越していますが、引っ越す前の約半年間が、はっきりしないのです。どうもその辺りから、中川真由美の行動が、怪しくなってくるのです。例えば、山梨県笛吹市の石和町ですが、ここに住んでいると思われる時、今から五年前の八月十日、西伊豆の堂ケ島沖で女性の溺死体が発見され、それが、中川真由美ということになっています」

「その溺死体で発見されたという、中川真由美だがね、ホテルの宿泊者名簿には、静岡県浜松市の住所が書いてあったんじゃないのか？　そんな話を聞いたんだが」

三上が、十津川に向かって、確認するように、いった。

「その通りです。溺死した女性は、五日前の八月五日から、堂ケ島のホテルに泊まっており、住所は静岡県浜松市になっていたので、地元の警察は、すぐ、浜松市の両親に伝え、両親が遺体を確認しに来ました。両親は、間違いなく自分の娘であると証言し、その場で、茶毘に付してから、遺骨を、浜松市に持って帰ったので、この時点で、中川真由美は、死亡したことになってしまったのです」

「その五年後の四月七日、西新宿のホテルKで、殺されていた女性が、中川真由美、三十六歳だった。君は、どちらが、本当の、中川真由美だと思っているのかね？」

「正直に申し上げて、今の段階では、判断がつきかねます。今まで、問題が起きていないのです。五年前の八月十日に、中川真由美は、西伊豆の堂ケ島で溺死しました。その約三年後、東京都足立区に、三十五歳の女性が引っ越してきて、彼女は、中川真由美の運転免許証を持ち、北千住の駅近くに『クラブ中川』を開いて、そこのママに収まっていますが、この段階では何も起きていません」

「しかし、なぜ、スムーズに受け入れられてしまったんだろうか？　なぜ、今から五年前に、中川真由美は、西伊豆の沖で死んでいるという、そのことが、分からなかったのだろうか？」

「分からなかった理由は、いろいろとあると思うのです。溺死した女性ですが、ホテルでは、静岡県浜松市と書いています。ですから、浜松では、中川真由美が死んだことは、記憶されたとしても、浜松から金沢、和倉、そして、石和と、引っ越し先を追って、確認を取っているとは到底思えないのです。山梨県笛吹市に住んでいることは、そのままに、なっていたのではないでしょうか？　それに、もう一つ、問題があります」

「それは、何だね？」

「堂ケ島の事故のあと、三年程して、中川真由美は、その笛吹市石和町から、足立区の千住に、住民票を移しているんです。山梨県笛吹市の役場では、そこに、住所がある中川真由美が、死んだことは、記載されていなかったとしか思えません。だからこそ、中川真由美は、足立区の千住に、スムーズに移転できたんだと思いますね」

「かなり杜撰だったということだな」

「五年前の溺死事故ですが、これが殺人で大きな問題になっていれば、どこの役場も、中川真由美の住民票を調べ、しっかりした処置を、取ったと思います。西伊豆の事件が、殺人ではなかったことと、死亡者が、住所を浜松市と書いたことによって、死亡通知が、ほかの役場には、行かなかったのだと思います。中川真由美は、静岡県浜松市内の高校を出てから金沢市に行き、そこで、働くようになりました。しかし、次の七尾市和倉町やその次の笛吹市石和町では、いったん、マンションを借りて、そこに住民票を移しているのですが、その後、果たして、そこに住んでいたのかどうかが、分からないのです」

「確認するが、石川県七尾市和倉町や山梨県笛吹市石和町で、本当に、中川真由美が、そこに住んでいたのか、そこで、何をしていたのかも、はっきりしていないんだな？」

「その通りです。住民票では、そこに住んでいたことになりますが、存在感が、やたらに希薄で、別の場所に住んでいたのかもしれませんし、どんな仕事に就いていたのかも分かりません。そうした曖昧さが始まったのは、これも、前に申し上げたように、最初の移転先の金沢で、そこに、彼女は二十三歳までいて、その後、七尾市和倉町に、移ったのですが、その最後の半年間が、はっきりしないのです。その半年の間は、別の場所に行っていたのかもしれませんし、また、どんな仕事をしていたのかも、どんな生活をしていたのかも、分からないのです」

「西新宿のホテルKで殺されるまで、中川真由美は、ずっと独身だったのか？」

「そうです。住民票の上では、亡くなる三十六歳まで、独身で、過ごしていたようです」

「君から見て、今回の殺人事件で、ほかに、不審な点が、あるかね？」

三上が、きいた。

「最も大きな疑問は、五年前に、西伊豆の堂ケ島の沖合で溺死体となって発見された中川真由美と、今回、四月七日に、西新宿のホテルKで殺された中川真由美、この二人のどちらが、本当の、中川真由美なのかということです。第二の疑問は、このホワイトボードにも書きましたように、静岡県浜松市に生まれた中川真由美は、合計四回、引っ越しているのですが、その間の生活が、はっきりしません。第三に、彼女の陰に、誰かいるのではないか？　つまり、彼女が、自分の意志で、引っ越しを続けたのかどうかという疑問です。また、最後に、足立区千住のマンションに引っ越してきて、『クラブ中川』を、始めていますが、そのためには、かなりの、資金がいるはずです。その資金を出している人間が、いるのではないか？　つまり、中川真由美の人生には、金沢市内の、最後の半年間を含めて、スポンサーがいたのではないかということです」

「中川真由美は、三十六歳まで一応、独身だったわけだろう？　それに、最後の足立区千住では、水商売を、やっていた。そういう経歴の女性に、男がいたとしても、別に、おかしくはないんじゃないのかね？　よくある話だと思うんだがね」

「たしかに、本部長のいわれる通りですが、そのスポンサーが、ただ単に金だけ出していた、そして、中川真由美の殺害に関して、何の関係もなければ、構わないのです。しかし、どうも、そうではないような気がするのです」

「つまり、そのスポンサーが、今回の中川真由美の殺害に、関係していると見ているのか？」

「そんな気がするのです。五年前の堂ケ島沖の事故についても、関係しているのではないかと、疑っています」

「証拠があるのか？」

「いや、ありません。スポンサーがいるとしても、どんな人間か、まだ分かっていません」

「ほかには？」

「中川真由美の経歴が、曖昧になったのは、金沢にいた最後の半年からです。その辺りから、彼女に、スポンサーがついたとすると、亡くなった時、三十六歳ですから、十三年間、そのスポンサーが、中川真由美の背後にいて、彼女を、操っていたことになります」

「スポンサーのことが、いちばんはっきりしているのは、中川真由美が、北千住の駅近くで『クラブ中川』を始めてからのことだろう？　その時からは、彼女の陰に、男がいたことが、よく分かるんじゃないのかね？」

「私も、そう思って、現在、刑事たちを、聞き込みに、当たらせています。私自身も、問題の『クラブ中川』に行き、ホステスやバーテンに、話を聞いてみました。たしかに、ママの、中川真由美には、スポンサーがいるらしいとは、いっているんですが、それ以上の、具体的な話は、全く、聞けませんでした。つまりその男が、いったい、どういう人間なのか、全く分からないのです」

2

捜査会議の後、十津川は、足立区千住周辺の聞き込みを、部下の刑事たちに任せ、十津川自身は亀井と二人で、金沢に向かった。

十津川が、金沢に行くことにしたのは、金沢市の最後の半年間の彼女の足取りが空白で、中川真由美の生活自体が、はっきりしなくなっているからだった。

中川真由美は、浜松市内の高校を、卒業した後、同窓の女友だちと金沢に行き、ファーストフードの、チェーン店で働いていた。金沢での最初の住所は、社員寮だった。

一年半後、中川真由美は、そのチェーン店の寮を出て、1Kの、小さなマンションの部屋に引っ越している。そこが、金沢における中川真由美の最後の住所になっていた。

十津川は亀井と、そのマンションの住所に行ってみたが、建物は建て替えられていて、五階建てが十二階建てになっているのだという。住所は、同じである。

マンションは、建て替えられてしまっていたが、持ち主は、以前と同じ駅前の、不動産会社だったので、そこに行って、話を聞くことにした。

六十五歳だという社長は、六年前に、あのマンションを、建て替えたが、その前も今も、全ての部屋は、賃貸のままだという。

「今から十四、五年前のことですが、建て替え前の、あのマンションの1Kの部屋に、中川真由美という女性が、住んでいたのです。当時、二十代なのですが、だいぶ昔の話ですから、その女性のことなんか、覚えていらっしゃらないでしょうね？」

十津川は、半ば、諦めながら、不動産会社の社長に、きいたのだが、社長は、ニッコリして、

「覚えていますよ」

と、いう。

これには、十津川のほうが、ビックリしてしまった。

「どうして、中川真由美のことを、覚えているんですか？」

「あの頃、独り者に貸そうということで、多くの部屋の間取りが1Kだったんですよ。ですから、独り者の女性とか、サラリーマンとか、みんな、若い人たちばかりでしたね」

社長は、事務所の奥から、当時のマンションの設計図を、持ち出してきて、十津川たちに見せてくれた。

「ご覧のように、当時のマンションは、半分くらいが、1Kの部屋でした。部屋代が月額

五万円で、そのほかの部屋は1DKといって、ダイニングキッチンが、十畳ぐらい、それに、四畳半の和室が、ついています。つまり、最初に1Kに入った、独身の男性や女性が、少し収入が上がると、1Kから1DKのほうに、移ってくるんですよ。そういう部屋割になっていたんです。最初は、中川真由美という名前も、覚えていませんでしたよ」

と、社長が、いった。

「それが、どうして、彼女の名前を覚えるようになったのですか？」

「それがですね、ある日、1Kの部屋に住んでいる若い女性が、ウチの会社にやって来ましてね。今度、1DKの部屋に、移りたいのだが、見せて貰った1DKの部屋は、造りが粗末で、面白くないので、お金を出すから、気にいるように、改装させてくれというんですよ。それが、中川真由美さんでしたね。何でも、実家が資産家で、お父さんが突然、亡くなり、その遺産が入ったので、少しでも、いい部屋に移りたいというんですよ」

「それで、社長は、何とお答えになったのですか？」

「部屋を改装するのはいいが、引っ越す時には、ちゃんと、元通りにしてくださいよと、いいました」

「そうしたら？」

「分かりましたといって、次の日から、早速、職人さんを、呼んできて、改装を始めていましたね」

「なるほど。それで、十年以上も前なのに、中川真由美という女性のことを、覚えていたわけですね？」

「実は、それだけじゃないんですよ。話を持ってきた時、中川さんは、地味な格好をしていたんですがね。部屋を改装して、住むようになってからは、突然、化粧も濃くなったし、服装も、派手になりましたね。あの頃、二十二、三歳じゃなかったですかね。それで、あぁ、彼女にも、誰か、いい男ができたのかなと、思いましたよ。若い女性が、急に、派手になったり、金遣いが荒くなったりするのは、たいてい、好きな男ができた時ですからね」

と、社長は、笑いながら、いった。

「それで、その後ずっと、彼女は、改装した、その1DKの部屋で、暮らしていたんですね？」

「ええ、そうです。私の娘が、当時二十五歳で、ブランド物の洋服やハンドバッグに、詳しかったんですが、中川真由美さんも、その頃から急に、ブランド物を、身につけたりしていましたね」

「それで、社長は、彼女に、男が、できたと思われたのですね？」

「ええ、そうです」

「どういう男か、見たことが、ありますか？」

「それがですね、こっちも、好奇心がありますから、彼女が改装して入っている、部屋を訪ねていって、どんな具合ですかといって、のぞいてみようかと思ったんですよ。それで、何回か、訪ねていったことが、あるんですが、どういうわけか、いつ訪ねていっても、留守でしたね」

と、社長が、いった。

「何回ぐらい、訪ねてみたんですか？」

「たしか、四回じゃなかったですかね」

「訪ねていったのは、何時頃ですか？」

「昼間に、行ったのが二回、それから、昼間行っても、いないので、夜のたしか九時頃に、これも二回、行ったことが、ありましたけど、その時もいませんでしたね」

「それで、どう、思われましたか？」

「何だか、拍子(ひょうし)抜けして、ガッカリしてしまいましたよ。自分からいい出して、自分の好みに、改装した部屋じゃないですか？　それなのに、どうして、いつ行っても、いないのか、不思議な気がしましたよ」

と、社長が、いった。

「その頃、彼女が、どんな仕事を、していたか、分かりますか?」

「それは、分かりませんね。最初、ウチのマンションの、いちばん安い部屋に引っ越してきた時は、多分、コンビニか、あるいは当時、この金沢にも、多くなってきた、ファーストフードのチェーン店で働いているんだろうと思っていましたけどね。部屋を移り、ブランド物を身につけたりしていた頃は、いったい、どんな仕事をしているのか、見当がつきませんでしたよ」

「部屋を改装したり、ブランド物の洋服を着ていた頃ですが、彼女の部屋に、男が訪ねてきたことは、ありませんでしたか?」

と、亀井が、きいた。

社長は、笑って、

「そういう、プライベートなことは、私には、分かりませんよ。いつも、あのマンションに、いたわけじゃありませんからね。でも、男がいたとは、思いますよ」

「ブランド物を身につけたり、部屋を移ったり、急に、金まわりが良くなったからですか?」

「そうですよ」

「その後、中川真由美さんは、引っ越したんじゃ、ありませんか？」

「そうですね。それから、引っ越して行ったことを覚えています」

「引っ越す時には、本人がここに来て、引っ越すと、いったのですか？」

「いや、何もいわずに、いつの間にか、いなくなってしまって、その後、私宛てに、手紙が届いたんですよ」

「その手紙には、どんなことが、書いてあったんですか？」

「たしか、七尾市の和倉に、引っ越すことになった。急に、話が決まったので、何の手続きもできないで申し訳ない。部屋を元に、戻しておきませんでしたが、預けてある敷金を使って、元通りにしてください。部屋の調度品などは、そちらで処分してくださって結構です。そんなことが書いてあったのは、覚えています」

「その手紙ですが、取ってありますか？」

十津川が、きくと、社長は、

「何しろ、もう、十年以上も前のことですからね。どこかに、しまい込んでしまったか、捨ててしまったと、思いますよ。今は、ありません」

「その後、中川真由美さんから、何か、連絡はありましたか？」

「いや、何も、ありません」

「今から、五年前ですが、八月十日に、伊豆半島の堂ケ島沖で、中川真由美さんは、溺死体で、発見されました。そのことは、ご存じですか？」

十津川が、きくと、社長は、エッという顔になって、

「いや、全く、知りませんでしたが、あの中川真由美さんが、亡くなったんですか」

十津川は、その事故を報じた新聞記事、といっても、小さな記事なのだが、そのコピーをポケットから取り出して、社長に、見せると、

「たしかに、中川真由美さん、三十二歳と、出ていますね。そうですか、彼女、海で溺れて、亡くなったんですか」

「どう思われますか？」

「どうって？」

社長は、当惑した表情で、十津川を見ている。

「刑事さんがいうのは、彼女が、海で溺死するような女性に、見えたかということですか？」

「そんなところです」

「しかし、そういわれても困りますね。私は、彼女が海が好きだとか、泳ぎが得意だったかどうかとか、そういうことは、何も知りませんから」

と、社長は、いった。

3

中川真由美は、静岡県浜松市で生まれた。

地元の高校を卒業した後、女友だちと二人で金沢市に引っ越し、そこで、働くようになった。

金沢に行ったのは、この女友だちが、金沢の出身だったからである。

最初、中川真由美は、ファーストフードのチェーン店で働き、そこの社員寮に住んでいた。その後、金を貯めたかして、家賃五万円の賃貸マンションに、入居した。1Kの狭い部屋である。

たぶん、その頃に、一緒に金沢に行った女友だちとは、別れたのだろう。

その後、二十二、三歳の頃になって、マンションの持ち主の不動産会社に行き、一クラス上の部屋に、移りたいのだが、その部屋を、改装して、構わないか？　改装費用は、もちろん、自分が出すといった。

不動産会社のほうでは、引っ越す時に元に戻すことを、条件にして、改装を許した。

その後、中川真由美は、１ＤＫの部屋に移り、その部屋を、改装した。

不動産会社の社長によると、その頃から、中川真由美の化粧が、派手になり、ブランド物を身につけるようになったから、たぶん、男が、できたに違いないというが、その男を、実際に、見たわけではない。

社長は、中川真由美という女性に、興味を持ち、どんな生活をしているのかと、四回にわたって訪ねてみた。昼に二回、夜に二回訪ねたが、いつも、中川真由美は留守だった。わざわざ、部屋を改装したのに、あまり部屋にいなかったようだと、社長は、証言している。

その後、二十三歳の時に突然、中川真由美は、七尾市和倉町に引っ越していった。

ただし、本人が、不動産会社に来て、引っ越すといったのではない。急に姿が見えなくなり、後から、手紙が来て、部屋を元に戻す費用は、預けてある敷金の中から、出してもらっていい。調度品は、適当に処分してもらいたい。そういう手紙だったと、社長は、証言した。

金沢市内に、住んでいた最後の半年間、彼女は、急に、豊かになり、部屋を移って、その部屋を、改装し、ブランド物を身につけるようになった。

不動産会社の社長は、彼女に、男ができたに違いないという。

ただし、その半年間、彼女が、どんな仕事を、していたのか、どこに勤めていたのかは、分からないともいう。

その上、不思議なのは、せっかく、改装した部屋なのに、あまりそこにいなかったらしいことである。

その後、中川真由美は、金沢市から七尾市和倉町に引っ越し、続いて、山梨県笛吹市石和に移ったが、最後には、足立区千住に引っ越している。

メモをつけているうちに、こうした引っ越しも、彼女自身の意志ではなく、スポンサーの、男の指示ではなかったのか？　十津川は、そんな気がしてきた。

最初に解決すべきは、五年前の溺死事故だと思った。

4

十津川たちは、金沢駅前の、レストランに入り、遅めの、昼食を取りながら、五年前の事故について考えることにした。

「五年前に、二人の中川真由美がいた。これは、間違いないんだ」

十津川は、カツライスを食べながら、亀井に、いった。

「そうですね。片方の中川真由美が死んだんですよ、海で溺れてですが、溺死じゃないのかもしれません」

亀井も、箸（はし）を運びながら、いう。

「それにしても、どうして、五年前に、二人の真由美が、いたんだろう？　たまたま、同名異人の中川真由美が、いたということではないと私は思っている」

「本物と、ニセ者の中川真由美がいたんです。その一人が、堂ケ島のホテルに泊まり、その後、溺死した中川真由美です。ホテルでは、静岡県浜松市の住所を書いているし、死んだ後、浜松から両親が、確認をしに来ています。つまりどちらかが、五年前に、死んでいるんです。本物の中川真由美なのか、それとも、ニセ者の中川真由美なのかは、分かりませんが」

と、亀井が、いった。

「問題なのは、一人は本物の中川真由美で、一人は、ニセ者の中川真由美のわけだから、どうして、五年前に、ニセ者の中川真由美が現れる必要が、あったのかということなんだ。本物の中川真由美が、大変な資産家の娘だったりすれば、その財産を狙（ねら）って、ニセ者が出て来ても、おかしくはない。しかし、中川真由美の実家というのは、資産家などではなくて、平凡な普通の家庭だよ。そんな資産家でもない家の娘、中川真由美に、成りすましたところで、何の得にも、ならないはずなのだ」

と、十津川が、いった。

「しかし、中川真由美には、金沢に住んでいた最後の頃、金持ちの、スポンサーができていますよ。とすると、溺死事故が起きたのは、その後ですから、その、スポンサーの金を狙(ねら)って、中川真由美を名乗るニセ者が現れたんじゃありませんか？」

亀井が、いった。

「ニセ者の中川真由美が、堂ケ島沖で、溺死に見せかけて殺されてしまった。カメさんは、そう考えているわけか？」

「そうです。そう考えれば、中川真由美が二人いて、片方が、五年前に死んだというのも、うまく、説明できます」

「しかしだな、カメさん、冷静に考えてみると、その推理には、問題があるんじゃないのかね？」

と、十津川が、いった。

カツライスを食べ終わると、十津川は、食後のコーヒーを頼んだ。

「私の考えに、どこか、おかしいところがありますか？」

「カメさんの考え通りなら、まず中川真由美にスポンサーが現れた。彼が、資産家だった。その金を狙って、中川真由美のニセ者が現れた。そういうことだろう？　彼女は、資産を狙っていたが、仲間割れかなにかで、堂ケ島沖で、溺死に見せかけて、殺されてしまったことになる」

「どこか間違っていますか？」

「堂ケ島の死者が、ニセ者だとする。溺死に見せかけて殺したのは、彼女の仲間だ。そのとき、なぜ、浜松から中川真由美の両親が、呼ばれるような、ことをしたのかが、わからない。顔は似ていても、両親を欺(だま)すのは難しいからね。両親は、本当の娘だと証言し、死体を茶毘に付した。中川真由美という存在が死んでしまっては、ニセ者が本物の金を狙う計画は、簡単に頓挫(とんざ)することになってしまうんだ」

「そうなると、堂ケ島で死んだ中川真由美は、本物ということになってしまいますね。それで、今までの事件に、きちんとした説明がつくでしょうか？」

亀井は、いったが、困惑した表情になっている。自分の考えに、自信が、持てないのだろう。

「堂ケ島で、本物が死んだと考えても、どこか、しっくりこないな」

と、十津川が、いった。

注文したコーヒーが運ばれてきて、十津川は、それを口に運んだ。亀井も、コーヒーを注文している。

「堂ケ島で死んだのが、本物の中川真由美だと考えると、どうおかしくなりますか？」

と、亀井が、きいた。

「いいか、カメさん、五年前、堂ケ島で死んだ女が、本物の中川真由美だとしよう。そうすると、今年、西新宿のホテルKで殺された中川真由美の方が、ニセ者ということになる」

「そうですね」

「金沢市で、二十三歳の中川真由美のスポンサーになった男がいた。資産家だ。その資産家は、東京の足立区で、ニセ者に、『クラブ中川』という店を持たせたり、経済的に、援助したりしている。しかし、その相手の女は、中川真由美ではなくて、ニセ者だったことになる。それを、知っていたんだろうか？」

「それは、こういうことじゃありませんか？　スポンサーの男が惚れたのは、中川真由美という名前の女じゃなくて、中川真由美と名乗る女だったんですよ。男が金沢で会って惚れたのが、ニセ者の中川真由美だったんじゃ、ないですかね？　そう考えれば、辻褄が、合うんじゃありませんか？」

「ダメだよ、カメさん。それなら、どうして、ニセ者の女が、本物が死んだ後も、中川真由美と、名乗っていたんだ？　もし、本物の中川真由美が、死んだことを、知っている人間がいて、警察に知らせたりしたら、忽ち逮捕されてしまうじゃないか？」

と、十津川が、いった。

「うーん」

と、亀井は、唸り、コーヒーを口に運んだ。そのまま、しばらく黙っていたが、

「そうなると、いったい、どう考えたらいいんでしょうか？　単なる同名異人ですか？」

「それじゃあ、西新宿で殺された女が、浜松から、何度も住所を移した理由がわからなくなるよ」

「そうですね」

「難しい問題なんだ」

「何とかして、スポンサーの男が見つからないですかね。男が見つかれば、何もかも、分かってくるんじゃありませんか？」

と、亀井が、いった。

「たしかに、カメさんのいう通りだな。その男というか、スポンサーが、見つかれば、全

ての謎が解けるかもしれないね。だが、呼びかけたところで、すんなりと、出てくるとは思えないな」

「そうでしょうね。その男というか、スポンサーは、五年前の、堂ケ島沖の溺死事故に関係しているかもしれませんし、今年四月七日の殺人事件にも、関係しているかもしれませんから」

「カメさんに、ききたいことがあるんだ」

「いったい何でしょう？　何でも、きいてください」

「金沢に住んでいた二十二、三歳の時、中川真由美の前に、スポンサーが、現れた。その後、彼女の生活が、急に、贅沢になった。今年の四月七日、三十六歳で殺されている。その間、スポンサーは、変わらなかったんだろうか？　同じ人間が、ずっとスポンサーで、いたんだろうか？　その点をカメさんにききたいんだよ」

「私は、同じ男だったと、思いますね」

亀井が、あっさり断定した。

「理由は？」

「彼女が、金沢市内に住んでいた二十二、三歳の時に、男が、現れました。中川真由美という女の、スポンサーになりました。今年四月七日の時も、女は、中川真由美という名前を、使っていました。つまり、その名前が、男には、呼び慣れた、名前だったからじゃないでしょうか？　そう考えれば、男と女は、十三年の間、ずっと、関係があった。そう考えたほうが自然だと思いますね」

　と、亀井が、いった。

「その推理が当たっていれば、十三年間、同じ男が、中川真由美の、スポンサーになっていたことになる。十三年間もだよ。その間には、どこかで、誰かに、見られているはずだよ」

「たしかに、そうですね。自分の名前を隠し、なるべく、見られないようにしていたかもしれませんが、警部のいわれるように、十三年という長い期間ですからね。どこかで、誰かに、見られていたという可能性は、大いにありますよ」

「それに、誰かに、二人の写真を、撮られている可能性もある。そうしたものが見つかれば、捜査のプラスになる。問題は、どこに行ったら、誰に会ったら、男のことが、分かるのかということなんだ。もちろん、彼のことを一番知っているのは、中川真由美だが、彼女は、すでに、殺されてしまっているからな」

「そうですね。彼女の両親も、すでに死んでしまっていますし」

　十津川は、携帯電話を、取り出すと、東京にいる西本刑事に、連絡をとった。

「聞き込みの状況は、どうだ？　何か収穫があったか？」

十津川が、きくと、西本は、

「それが、これはという情報は、まだ、入ってきていません」

「こちらで、カメさんと、話をしているんだが、四月七日に、殺された中川真由美には、男がいた。それも、十年以上にわたって、彼女を、援助してきた、いわば、スポンサーだ。十三年間も付き合っていれば、どこかで、顔を見られていたり、名前を、聞かれていたはずだ。何とかして、その男の、名前なり、写真なりを、手に入れてくれないか？　それができれば、今回の事件も、半分は、解決したようなものだ」

十津川は、そういって、電話を切った。

5

十津川は、もう一日、金沢で過ごすことを、考えた。中川真由美が、問題の男と知り合ったのは、金沢に違いない。そう判断したからだった。

とにかく、金沢にいた最後の半年間、彼女は、男から援助を受けていたのか、ブランド物を、身につけるようになっている。

知り合ったばかりの頃なら、おそらく、二人は、頻繁に会っていた、可能性がある。その間、中川真由美が、どこで、働いていたのか、いや、働かずに、男の用意した家にかくれていたのかもしれない。とにかく、頻繁に、会っていたことだけは、まず間違いないだろう。それを、誰かに見られていた可能性も、高いだろう。

そう思って、十津川は、もう一日、金沢で過ごすことを考えたのである。

十津川たちは、金沢市内のホテルで一泊した。

6

翌日、二人は、昨日会った、不動産会社の社長に会い、社長が見た中川真由美の、服装について、話を聞いてみた。

急に化粧が、濃くなり、ブランド物を身につけるようになったという。その中川真由美の服装や、顔立ちなどを聞いた後、それを、一枚の絵にすることにした。

二時間近くかかって、似顔絵を完成させると、十津川と亀井は、その絵を持って、彼女が、住んでいたマンションの周辺を、聞いて回ることにした。

たぶん、男は、用心深く行動していて、彼女と一緒に、出歩くようなことは、ほとんど、なかっただろう。

だが、彼女が一人でいる時、若い女だから、近くのコンビニや、ブランド物を、扱っている店、あるいは、アウトレットの店などに、行っていたはずである。

それらの店にも、二人は出かけて行き、似顔絵を見せた。

しかし、当時の、中川真由美を見たという証言は、なかなか、得られなかった。何しろ、今から十三年も、前の話である。目撃証人が、なかなか、見つからなかったとしても、おかしくはない。

二人は、辛抱強く、聞き込みを続けた。

すると、JR金沢駅から、歩いて五、六分の商店街にあるブランド製品の専門店で、やっと、期待する証言を、得ることができた。

その店は、シャネルやエルメスの専門店ではなくて、いろいろなブランド物を一割引、二割引で売っている店だった。

その店の女店員が、十津川の示した、中川真由美の似顔絵を見て、

「この人なら、よく、いらっしゃいましたよ。もう、ずいぶん前ですけど」

と、いった。

十津川は、ホッとしながら、

「本当ですね？　間違いなく、この人が来ていたんですね？」

と、念を押した。

「ええ、何回か、お見えに、なりましたよ」

「その時、一人で、来たんですか？」

「ええ、お一人で、見えました。いつも、お一人でした」

女店員が、いう。

用心していたのだろう。やはり、男は、一緒では、なかったのだ。

「ここでは、高い物を、買っていたんですか？　例えば、シャネルの服とか、エルメスのバッグを買っていたんですか？」

「ええ、お買いになりました」

「現金でしたか、それとも、クレジットカードですか？」

「いつも、現金でした」

「何か、問題が起きたことは、ありませんでしたか？」

十津川が、きくと、

「問題でございますか？」

と、いって、女店員は、急に、黙ってしまった。

その様子を見て、十津川は、

(どうやら、何かあったらしい)

と、思った。

「実は、この、中川真由美さんですが、すでに、亡くなっているんです。だから、何を話しても文句はきませんから、話してください」

十津川が、いうと、今度は、女店員のほうが、ビックリした顔で、

「亡くなられたんですか?」

「ええ、そうです。殺されました。それで、われわれ警察が、調べています。ですから、中川真由美さんとの間に、何か揉め事があったのなら、正直に話してください」

十津川が、促した。

「この店は、どんなブランド製品でも、一割か二割、ディスカウントして、お客様に、売っているんです。それで、喜ばれているんですけど、中には、ニセモノを、売っているんじゃないかと、疑いをお持ちになる方も、いらっしゃいます」

と、女店員が、いった。

「彼女も、そんなことを口にしたんじゃありませんか?」

「このお客様が――」

女店員は、中川真由美の似顔絵を、指さして、

「シャネルの、白いハンドバッグを、お買いになったことがあるんです。翌日、血相を変えて、お店にいらっしゃって、普通に使っていたら、錠(じょう)の部分が、壊れてしまった。本物のシャネルなら、こんなに、簡単に壊れるはずはない。ニセモノに、違いない。そういって、怒鳴(どな)られたんです」

「それで、どうなったんですか？」

「とにかく、店長を呼べというので、店長に来てもらいました。店長も、どちらかといえば、気の強い人ですから、ウチが、ニセモノのシャネルを扱っているなんて、そんないい加減なことは、いわないでほしい。正真正銘(しょうしんしょうめい)の、ブランド製品を扱って、それを、少しでも安く、皆さんに、買っていただくことを使命にしているんです。それなのに、ニセモノだというのならば、もう、買いに来ないでいただきたい。そういったんですよ。そうしたら、この方は、お客をバカにして、後で謝っても、遅いわよと、捨てゼリフを残して、帰ってしまわれたんですけど、それから一週間したら、突然、店長が、辞(や)めてしまったんです」

「どうして、突然、辞めたんですか？」

「それが、よく分からないんですけど、ウチは、日本全国に同じような店が十店舗ある、

一種のチェーン店なんですよ。社長は、元警察庁の役人だった人で、政治家にも、たくさん知り合いがいると、それを自慢している人なんですけど、この店長は、営業成績がよくて、社長から信頼されていたんですよ。それなのに、辞めてしまったんです。社長の命令なんでしょうけど、みんなは、この似顔絵のお客さんが、裏から、手を回して、店長を辞めさせたんだろうと、噂(うわさ)していましたよ。それで、急に、怖(こわ)くなったという店員もいましたけど」

「その後、中川真由美さんは、この店に、来ましたか？」

「一度だけですが、お見えになりました」

「その時、彼女はどうしたんですか？」

「いきなり、店内に入ってくると、店長さんはときくので、辞めましたと、私が答えたら、やっぱりねとだけいって、そのまま、お帰りになりました」

と、女店員が、いった。

「社長さんの名前を、教えていただけませんか？」

十津川が、きいた。

「名前は、山中正堂(やまなかまさたか)です。普段は、東京の本店にいます」

「今も、社長さんは、変わっていませんね？」

「はい、変わっておりません」

「このお店の名前は？」

と、きくと、店員は、名刺をくれた。それには「レインボー金沢支店」と、書いてあった。

十津川が、中川真由美が、この店で、問題を起こした時の、年月日もきくと、今から十三年前の六月中旬だったと教えてくれた。

「中川真由美さんは、問題を起こした後、一度だけ、店に、来たことがあるということですが、その後は、どうですか？」

「いいえ、その後は、一度も、いらっしゃっていません」

と、女店員が、いった。

たぶん、その後、中川真由美は、金沢から引っ越していったのだろう。

7

十津川は亀井と二人、すぐ、東京に戻ることにした。

問題の「レインボー東京本店」は、東京駅構内の、八重洲(やえす)口にあった。

店の前には、店名にちなんだ、虹(にじ)のマークが描かれてあった。

十津川は、店員の一人に、警察手帳を見せて、

「こちらの、山中社長にお会いしたいのですが」

と、いうと、若い店長が、奥から山中社長を、連れてきてくれた。

十津川は、改めて、警察手帳を示し、また、亀井刑事を、紹介した後、

「われわれが、捜査中の事件について、ぜひ、山中社長のお力を、お借りしたいのです」

「私に、何か警察のお役に立てることがありますか？」

と、山中社長が、きいた。

「今から十三年前ですが、ここの金沢支店で、シャネルの、ハンドバッグを買ったお客から、文句が出たそうですね。錠の部分がすぐに壊れてしまったので、ニセモノに違いないと、文句をいってきた。そこで、金沢支店の店長と、ケンカになってしまいました。覚えていらっしゃいますか？」

十津川がきくと、六十代の山中社長は、

「そんなこと、ありましたかね」

と、いった後で、

「いつ頃とおっしゃいましたか？」

「今から、十三年前の六月です」

「十三年前ですか」

山中は、しばらく、考えていたが、

「ああ、分かりました。思い出しましたよ。ウチのチェーン店は、ブランド物を安く売っているので、中には、ニセモノだろうといって、怒ってくる、お客がいるんですよ。あの時も、同じでした」

「ところが、金沢支店の店長が、突然、辞めてしまいました。ひょっとして、山中社長が、店長をクビにしたんじゃありませんか？」

十津川が、きくと、山中社長は、

「その件ですが、どうしても、捜査に、必要なんですか？」

「ええ、そうです。必要なんですよ。ですから、ぜひ、本当のことを、話していただきたいのですよ」

十津川は、いったが、相手は、まだ半信半疑の顔で、

「どう参考になるのか、教えて、いただけませんか？」

「実は、十三年前の六月に、金沢支店の、店長さんとケンカをした、この女性、中川真由美さんというんですが、最近、東京で、殺されてしまいましてね。われわれが、捜査をし

ているのです」

と、十津川が、いうと、

「まさか、あの時の店長が、犯人だと、思ってはいらっしゃらないでしょうね？」

「大丈夫です。そんなことは、全く考えていません」

「それならいいのですが、ちょっと話しにくいですね」

山中社長が、いう。

「つまり、どこからか、社長さんに圧力がかかったのではないかと、われわれは、考えているのですが、違いますか？」

十津川が、きいた。

「いや、圧力というほどのことは、ないんですよ。少し違うんです」

山中社長が、ためらいがちにいった。

「正直に、話していただけるとありがたいのですが」

「実は、私は以前、警察庁に、勤めていたことがありましてね」

と、山中社長が、いった。

「ええ、そのことは、私も、伺っています」

「十三年前ですかね、何かのパーティに呼ばれていったんですよ。そうしたら、そこに、先輩がいらっしゃいましてね。世間話のような格好で、こんな話を、聞かされたんです。僕が世話になっている人がいてね。その人の娘さんが、金沢に、住んでいる。その娘さんが、君のところの、レインボー金沢支店に、ブランド製品を買いに行ったんだそうだが、店長とケンカになってしまったようなんだ。その店長にやり込められて、悔しがって、泣いている。僕の知り合いは、娘さんに、泣かれて困っているらしいんだよ。そんな話をされるんです。私も、困ってしまいましてね。つまり、暗に、レインボー金沢支店の、店長を辞めさせろといっているように、聞こえたので、仕方なく、あの時、店長を、辞めさせました。私としては、店長が間違っていたとは思えなかったので、普通の退職金の三倍を渡して、何とか、納得させましたよ。刑事さんが、おっしゃっているのは、この一件のことじゃ、ありませんか？」

と、山中社長が、いった。

「山中社長に、話をしたOBの名前、教えていただけませんか？」

「古賀（こが）さんという名前ですが、もう、五年前に亡くなりましたよ」

十津川は、少しばかり、ガッカリしながら、

「今のお話で、娘さんのことというのは、その古賀さんの、娘ではなくて、古賀さんの知り合いの、娘さんということですね？」

「ええ、私は、そう、受け取りました。古賀さんの娘さんというのは、その当時、すでに、結婚されていましたからね」

山中社長が、説明した。

(これで少し、事件が、解決に近づいたのかな)

と、十津川は思いながら、亀井と、レインボー東京本店を出たが、

「これから先が、大変だな」

歩きながら、いった。

「そうですね。いちばん口惜しいのは、あの社長に話をしたOBが、すでに、亡くなってしまっているということですね。もし、健在だったら、中川真由美の男の名前が分かったかもしれないのに、その点が残念でなりません」

「パーティで、会ったといっていたね？」

「ええ。何かのパーティで一緒になった時に、OBから、世間話のように、聞かされたと、社長が、いっていました」

「そのパーティのことを、もう一度、聞いてみよう」

十津川は、すぐ、レインボー東京本店に、引き返した。社長に会い、パーティのことを、聞いたのだが、社長は、困ったという顔になって、

「何のパーティだったのか、覚えていませんね。何しろ、十三年も前の、話ですから」

と、いう。

「しかし、そこで、古賀さんというOBの方と、会われたんでしょう？」

「ええ、たしかに、そうですが」

「そのパーティは、十三年前の、何月頃にあったんですか？」

「たしか、もう暑い頃だったから、七月、いや、六月か、その頃だったとは思いますね」

十津川は、もし、そのパーティのことで何か思い出したら、すぐ、電話をくださいといって、名刺を渡して、今度は、本当に、引き上げることにした。

第三章　淡島(あわしま)ホテル

1

十津川は、警察庁の人事課に、電話をかけた。

まず、自分の名前と、警視庁捜査一課に在籍していることを、告げた後で、

「そちらのOBに、古賀さんという方が、おられますね？」

「ええ、おりますよ。古賀隆司(たかし)ですが、もう亡くなりました」

と、相手がいう。

「たしか、五年前に、亡くなったと聞いたのですが、亡くなった正確な日にちは、分かりますか？」

「ちょっと待ってください」

と、相手が、いい、調べているようだったが、

「五年前の、八月十一日です」

と、教えてくれた。

「どこで、どんな状況で、亡くなったのか、分かりませんか？　事故死か、あるいは、病死とか」

と、十津川が、いった。

「そちらは、本当に、警視庁捜査一課の方ですか？」

急に、相手が、用心深くなり、逆に、聞いてきた。

「もちろんです。私は、警視庁捜査一課の、十津川省三といいます」

「捜査一課の十津川さんが、どうして、ウチのOBである、古賀隆司のことを調べているんですか？」

「いや、調べているのではなくて、事実を知りたいだけなんですよ。五年前に亡くなられた時は、すでに、警察庁のOBだったわけでしょう？　それなら、警察庁とは、実質的な関係はないわけですから、別に、問題はないし、本当のことを教えてくださっても、いいんじゃありませんか？」

十津川が食い下がると、相手はまた、

「ちょっと、お待ちください」

と、いって、二、三分、十津川を待たせておいた後、

「お答えします。五年前の、八月十一日の夜十時半頃、自宅マンションで、亡くなってい
ます」

「どういう状況で、亡くなったのでしょうか？　病死ですか？」

「爆発です」

と、いう。

「爆発？　いったい、何が、爆発したんですか？」

「消防が調べたところでは、室内に、ガスが漏れていて、それに、何かの火花が引火して
爆発したのです。その衝撃で、古賀隆司は、死亡しました」

「そのマンションというのは、東京にあったんですか？」

「東京都渋谷区初台×丁目、初台コーポ五〇三」

相手は、妙に、事務的な、冷たい口調で、いった。

「どうして、ガス漏れがあったことに、古賀さんは、気がつかなかったんでしょうか？」

十津川がきくと、相手は、さらに、事務的な口調になって、

「それは、こちらでは、分かりません。何しろ、古賀隆司は、その時すでに、警察庁を辞

めておりましたから」

そういって、相手は、電話を切ってしまった。

2

十津川が、思わず、舌打ちをしたのに気づいて、亀井が、

「どうかしましたか？」

「警察庁ＯＢの、古賀隆司のことだよ」

「たしか、中川真由美の件で、浮かんできた名前でしょう？　すでに、亡くなっているんじゃありませんか？」

「ああ、五年前に、亡くなっている。そこで、五年前の、いつ亡くなったのか？　いったい、どんなことで、どこで、亡くなったのか？　警察庁の人事課に、電話をして、聞いてみたんだ。そうしたら、電話に出た人間というのが、やたらに、冷たい対応でね。何となく、こちらを警戒している感じで、なかなか、教えてくれないんだ。やっと、亡くなったのは、五年前の八月十一日の夜、渋谷区初台の自宅マンションで、ガス漏れがあり、そのガスに何かの火花が引火して、その爆発で、亡くなったということを教えてくれた。それ

以上のことを聞こうと思ったら、一方的に、電話を、切られてしまった」

「たとえOBでも、あまり誉められたことではないので、できることなら話したくない。そういうことじゃ、ありませんか？」

「たしかにね。そうだ、カメさん、図書室に行って、五年前の、八月十二日の新聞を、調べてきてくれないか？」

十津川が、いった。

亀井は、すぐ図書室に行き、五年前の縮刷版から、八月十二日の新聞記事を、コピーして、戻ってきた。

十津川は、社会面のコピーに眼を通した。

そこには間違いなく、事故のことが載っていた。

「マンションで爆発事故。夫婦が死亡」

これが、見出しである。記事には、こうあった。

「十一日午後十時三十分頃、渋谷区初台×丁目のマンション、初台コーポ五〇三号室で爆発事故があった。室内に漏れていたガスに、引火したらしい。

この爆発事故によって、五〇三号室の住人、古賀隆司さん、六十五歳、妻、聡子さん、六十三歳の二人が、全身にショックを受けて死亡した。古賀隆司さんは、警察庁のOBで、現在は、経営コンサルタントをしていた。

消防の調べによると、古賀夫妻は、ガス漏れに気がつかずに眠ってしまい、その間にガスが部屋に充満した。

二人のどちらかが起き上がり、タバコを吸おうとして、ライターで火をつけたところ、爆発が起きたと考えられている。

なお、爆発現場からは、ガラス製の灰皿の破片が見つかっており、タバコを吸ったのは、おそらく、夫の古賀隆司さんだろうと思われている」

「この新聞記事だが、何となく、引っかかるね」

と、十津川が、いった。

「ガス漏れから、爆発事故が起こり、そのために夫妻が亡くなったということが、引っかかりますか？」

「もちろん、その点も、あるんだが、私が、最初に引っかかったのは、死亡した日時だよ。

五年前の、八月十一日の夜に、なっているだろう？」

「五年前というと、たしか、中川真由美が、堂ケ島の沖合で、溺死体となって発見された年ですね？」

「その通りさ。中川真由美のほうは、五年前の八月十日、海上に、溺死体で浮かんでいるところを、漁船に発見されている。そして、古賀隆司は、その翌日、死んでいるんだ」

「たしかに、日時の問題でも引っかかりますね」

「この、爆発事故だけど、都内なのに、なぜか、私には記憶がないんだ」

「私もですよ、警部。それは、単なる事故ということで、片付けられ、われわれ捜査一課が、全く、関与していなかったからじゃありませんか？」

「たしかに、そうだな。これから、代々木(よよぎ)警察署に行って、この事故について、話を聞いてみようじゃないか」

と、十津川が、いった。

3

十津川と亀井の二人が、代々木警察署に行き、五年前の、爆発事故について、話を聞きたいというと、この事故を担当した刑事が、出て来てくれた。

三十代と思われる、若い刑事は、

「一応、現場を調べ、消防とも、協議をしたのですが、これは、事故だろうということで、捜査はしませんでした」

と、いった。

「しかし、一応は、調べたんだろう？　そのことを、話してくれればいい」

と、十津川が、いった。

「私は、あの日、当直でした。午後十時半過ぎに、管轄内の、初台のマンションで爆発事故があり、消防が、駆けつけているという情報が入りました。単なる火事ならば、警察が出る幕ではありません。それで、しばらく、様子を見ていたら、どうやら、室内に人がいたらしいということを、知らされたので、念のために、同僚と二人、パトカーで、現場に急行しました。消防車が四台来ていましたね。火元は、五〇三号室でした。煙は出ていましたが、私が現場に到着した時は、もう火は消えかけていた。道路には、爆発の影響か、ガラスの破片が、散乱していました。火事が、完全に、鎮火したのは、午前零時を、過ぎてからです。その後、消防の責任者と私が、焼け跡に、入っていきました。五〇三号室は、完全に、メチャクチャになっていて、室内から、二人の死体が見つかりました。焼死というよりも、爆発でやられたと、思いました。消防の責任者は、これは、部屋にガスが漏れて、ガスが充満し、それに、引火したのだろうといいました。焼け跡から、灰皿と思われる分厚いガラスの破片が見つかりました。焼けたライターもです。それで、室内にガスが充満していたのを知らずに、夫婦のどちらかが、タバコに、火をつけた。それが原因で、爆発が起きたと、私は考え、消防も、そう考えました」

「二人の死体は、司法解剖に、回さなかったのかね？」

「いや、念のために、司法解剖を、しました。しかし、銃で撃たれた形跡も、ありませんでした」

「それで、最終的に、刃物で刺された形跡も、ありませんでした」

「それで、最終的に、事故死と、断定したわけだね？」

「そうです。署長にも、報告しましたが、どう見ても事故死で間違いないと、署長も、断定しました」

「この事故で死んだのは、古賀隆司と妻の聡子ということだが、古賀隆司が、警察庁のOBだということは、知っていたかね？」

「その時は、知りませんでしたが、後で知りました」

「どうして、後で、知ったのかね？」

「警察庁から電話があったんですよ。おそらく、警察庁としては、たとえOBでも、元警察庁の人間が、不始末で爆発事故を起こしてはまずい。そう考えたから、現場に行った、私に、話を、聞きたかったんじゃないかと思いますね」

「どんなことを、聞かれたんだ?」

「まず、私に、聞いてきたのは、亡くなった古賀隆司が、仕事で、行き詰っていて、自殺を考え、自らガス栓を開けてガスを、充満させ、爆発させたのではないか? その可能性はないのかと、いうことでした」

「それで、君は、どう答えたんだ?」

「その可能性は、ゼロです。全くありませんと、答えました。相手は、ホッとしたようです。その後、こんな話を、してくれました」

「どんな話だ?」

「OBの古賀隆司は、ヘビースモーカーで、警察庁を辞めた後、タバコを止めようとしていたが、止められなかったということを、聞いている。そのことが、命取りになったのだろうといっていましたね。爆発のあったマンションの住人に聞いても、死んだ古賀が、時々、タバコを吸っているのを、見たことがあるということです。これは、間違いないと、思います。その点では、消防の意見と一致しました」

何といっても、五年前の事故である。その上、事件性はなく、事故と、断定してしまった以上、今になって、捜査し直すということは、難しいだろう。

「亡くなった、古賀隆司だが、彼について、爆発のあったマンションの住民や、管理人から、話を聞いてはいないのか？」

「一応は、聞きました」

「それで？」

「古賀隆司ですが、普段から、酒が好きだったようですね。管理人と、近くの酒屋の主人に話を聞いてみると、毎日、よく飲んでいたということです。そのことも、爆発事故に、繋（つな）がったのではないでしょうか？」

「どう、繋がっているのかね？」

「古賀隆司は、酒を飲んで眠ってしまったのではないか。奥さんもです。ところが、ガス栓が、開いていて、ガスが漏れていたのです。酔って寝ていなければ、古賀隆司は、ガス漏れに、気がついたのではないでしょうか？　酔って、熟睡してしまったので、気がつかなかった。たぶん、奥さんが先に気がついたのだと、思います。慌てて、夫の古賀隆司を、起こしました。しかし、古賀隆司は、まだ酔（しず）いが残っていたので、奥さんの言葉に取り合わず、逆に、急に起こされたので、気を鎮めるために、タバコに、火をつけた。途端（とたん）に、爆発が起きてしまった。そんなことではないかと、私は考えました」

4

十津川は、急に堂ケ島に行こうと決めた。

亀井を連れ、翌日、東京駅から「踊り子号」で、修善寺まで行き、修善寺からは、バスを使って伊豆の西海岸に出て、堂ケ島に、向かった。

ウィークデイで、その上、少しばかり、天候が悪かったが、それでも、堂ケ島は、観光客でいっぱいだった。

前もって、静岡県警に、電話をしておいたので、静岡県警から、池内警部が、海岸の派出所に、来てくれていた。

池内警部は、十津川の顔を見るなり、

「五年前の事故ですが、どう考えても、あれは、殺人じゃありません」

と、いった。

「三日間、海中だったということでしたが」

「そうです。司法解剖した結果、少なくとも三日間は、海中にあったということでした」

「彼女は、八月五日に、この堂ケ島の、ホテルMに、チェックインしていた。そうでした

「ね?」

「その通りです」

「死体が発見されたのは、八月十日で、少なくとも三日間、海水に浸かっていたということとは、八月六日か、七日に、死んだということになってきませんか？」

「たしかに、日にち的にそうですが、それが何か、問題になるんですか？」

「八月六日か七日に、沖合で死んだとなると、どうして、そんなところで、溺死したんでしょうか？」

「こちらで、調べたところでは、被害者は、釣りが好きで、船で、沖合に、釣りに出ていたようです。八月七日は、夕方から、風が強くなってきて、船が転覆してしまった。船から落ちた被害者が、溺死した。われわれは、そう考えています」

「女性が一人で、船で、釣りに出かけたんですか？」

「被害者は、当時、三十二歳と若いですからね。別に、おかしくはありませんよ」

「彼女の乗っていた船は、発見されたんですか？」

「いや、発見されていません。でも何回も、いいますが、司法解剖の結果、何の外傷も、なかった。明らかに、あれは、溺死ですよ」

「もう一つ、疑問があるんですが、八月五日に一人で、この、堂ケ島のホテルMにチェックインし、八月七日に釣りに出かけて、死んだのだとすると、五日、六日と二日間、ホテルで、何をしていたんでしょうか？　そのことは、調べたんですか？」

　十津川が、きいた。

「もちろん、調べましたよ。ホテルには、誰も、訪ねてこなかったし、二日間、別に事件は、起こしていません。堂ケ島には、一人で、海を見に来たか、あるいは、釣りを楽しみに来た。そういうことじゃ、ありませんかね」

「彼女が、ホテルにいた間、誰も、訪ねてこなかったんですね？」

「そうです」

「しかし、一日中、部屋に、閉じこもっていたわけじゃないでしょう？」

「もちろん、二日間とも出かけて、夕食前には、ホテルに戻っていたそうです。フロント係の話では、この辺の海では、どんな魚が釣れるのと、聞いたりしていますから、一人で、釣りに出かけたとしても、決して、おかしくはありませんよ」

　と、池内警部が、繰り返した。

「八月五日に、ホテルMに、チェックインしたということですが、その前に、彼女が、どこにいたのか、分かりますか？」

「それも、一応、調べました。被害者は、堂ケ島に来る前に、淡島（あわしま）のホテルに、泊まっていたそうです」

「淡島ですか？」

「そうですよ。ここと同じ、伊豆半島の西海岸で、三津浜（みとはま）というところが、あるんですが、その沖合に、淡島という、小さな島がありましてね。そこに、シャレたホテルがあるんです。彼女は、そこに、泊まっていたそうです」

「何をするために、その、淡島のホテルに泊まっていたんでしょうか？」

「これもホテルMのフロントの話ですが、釣りを楽しみにしていて、淡島のホテルに行ったんだが、島の周辺では、釣りが、禁止になってしまっていた。そこで、仕方なく、堂ケ島に来た。その女性は、フロントで、そう、話していたそうです」

と、池内が、いった。

「それでは、ぜひとも、淡島に、行ってみたいですね」

十津川が、いうと、池内は、

「車を使えば、ここから二時間くらいですから、パトカーで、ご案内しますよ」

と、いってくれた。

地図を見ると、堂ケ島から、淡島に行くルートは二つあり、一つは、中伊豆に戻って、三津浜に出るコースと、もう一つは、西海岸沿いに走って、大瀬崎（おせざき）を越えて三津浜に出るコースである。

「大瀬崎を越えるほうが、道は、悪いですが、時間的には、早く、着きますよ」

池内が、いい、

「それでは、そちらにしてください」

と、十津川が、いった。

5

池内警部の運転で、静岡県警のパトカーを使い、西海岸沿いを、三津浜に向かった。

西海岸は、たしかに、東海岸に比べると、道路の状態がよくないし、S字カーブの箇所も多い。

ただ、海岸線は美しかった。その上、時々、富士山（ふじさん）が顔をのぞかせる。

池内警部は、運転しながら、

「伊豆の西海岸から見る富士山が、いちばんきれいだそうですよ」

と、いった。

十津川も亀井も、伊豆の東海岸のほうは、電車もあるし、道路も、よく整備されているので、何度か旅行した記憶があるが、西海岸のほうは、ほとんど、初めてのコースだった。

道路は、海岸線を、走っているのだが、時々、山の中に、入ったりする。

最近、温泉が出たという戸田や、スキューバダイビングの名所といわれる大瀬崎を過ぎて、十津川を乗せたパトカーは、二時間あまりかかって、ようやく、伊豆半島の根元にある、三津浜に到着した。

三津浜は、昔は、ごく小さな、漁港だったといわれている。その上、戦争中は、沖合にある淡島に、海軍の、軍事施設があって、警戒が厳重だったこともあり、あまり発展しなかったらしい。

それが、最近になって、訪れる人が増えるとともに観光ホテルが、建てられ、沖合の淡島にも、ホテルができ、水族館もできて、イルカのショーなどが見られるようになった。

三津浜の海岸にパトカーを停めて、池内警部が、

「目の前にある、あの、小さなお饅頭のような島が、淡島ですよ。島の中に見えるシャレた建物が、淡島ホテルです」

と、説明した。

目の前の淡島には、こちら側から、ロープウェイもあるのだが、それが、故障で動かないというので、船で渡ることにした。

こちら側の海岸に、淡島ホテルという看板のかかった建物があった。そこから、淡島ホテルに、船が出ていた。

五分後に、船が出るというので、十津川と亀井は、池内警部と一緒に、小さなボートに乗りこんで、待った。

やがて、エンジンがかかり、淡島との間にある、海上の生け簀を、避けるようにして、ボートは、淡島に向かった。すぐ目の前にある島なので、ほんの五、六分で、向こうの、桟橋に着いてしまった。

ホテルから、迎えの人間が来ていて、すぐ、ホテルに案内してくれた。

リゾートホテルというが、本格的な、シャレたホテルである。

予約をしておいたので、ホテル側は、十津川と亀井のために、一部屋、池内警部のために一部屋を用意しておいてくれた。

フロントで、チェックインの手続きを、取っていると、フロント係は、

「ここでは、食事の時には、きちんと、服装を整えていただきたいのです。その点を、よろしくお願いします」

日本のリゾートホテルというと、たいてい、浴衣のままで、食事ができるのだが、このホテルでは、違うらしい。

池内警部が、フロント係に、警察手帳を、見せて、

「私は、静岡県警の池内といいますが、今、ある事件に関連して、中川真由美という女性のことを、調べています。五年前の八月に、中川真由美が、ここに泊まっているんですが、彼女のことを、覚えていませんか？」

と、聞くと、フロント係は、当惑したような顔で、

「五年前ですか？」

「そうです。ここを、チェックアウトした後で、彼女は、堂ケ島に行き、そこで、溺死しているのです。遺体が発見されたのは、八月十日なのですが、何か、覚えていませんか？どんな小さなことでも、結構なんですがね」

池内が、きき直すと、五十代のフロント係は、

「ああ、あの女性ですか」

と、うなずいて、

「その方のことなら、覚えていますよ。ずっとウチのホテルに、泊まっていらっしゃれば、堂ケ島で、溺れて死ななくても、済んだのにと、同僚と話したのを覚えていますから」

「ここには、いつからいつまで、泊まっていたのか、分かりますか？」

十津川が、きいた。

「ここには、一週間、お泊まりになっていました。たしか、七月の二十九日にチェックインされたと思います。そして、八月五日にチェックアウトされた筈です」

「どんな女性でしたか？」

「きれいな方でしたよ。明るくて、英語も、堪能でした」

「どうして、それが分かるのですか？」

「中川様がお泊まりになっていた時、たまたま、アメリカ人のお客様が、ここに滞在されていて、食事の時に、そのアメリカ人カップルと英語で話していらっしゃいましたから」

フロント係が、いった。

「その女性は、一週間、こちらに、泊まっていたんですね？」

「そうです。今も申し上げたように、七月二十九日から、八月五日まで泊まっていらっしゃいました」

「一人でですか？　それとも、誰か連れがあったのですか？」

「お一人で、チェックインされたのですが、ここでは、ほかのお客様と、親しくなられて、その方と、島を回って歩かれたり、島にある水族館などで、楽しんでおられました」

フロント係が、いう。

「ほかの泊まり客ですか？」

十津川が、確認するように、聞いた。

「はい。すぐに、親しくなられて、よく一緒に、行動されておられました」

「どんな人か、覚えていますか？」

「五十代半ばぐらいの、背の高いスマートな感じの男の方でしたよ」

「その人の名前は、分かりませんか？」

十津川が、聞くと、フロント係は、なおさら当惑の表情になって、

「何しろ、五年も前のことですので。そこまではちょっと」

と、言葉を濁した後、急に、

「ちょっと、待ってください」

と、いって、奥へ消えたが、すぐ戻ってきて、一冊のノートを、十津川たちの前に、置いた。

「これは、お泊まりになった方に、感想を書いていただくノートです。書いてくださる方、くださらない方、どちらもいらっしゃいますが、たしか、あのお客様は、書いていらっしゃったんです。ですから、書いたものが、ここに残っているはずなんです」

フロント係は、ムキになって、ノートのページをめくっていたが、

「ああ、これですね」

と、いって、何枚目かのページを開いて、十津川に、示した。

達筆だった。


「海も空も人も、全てが、私を祝福してくれているように見える。感謝。

淡島ホテルにて。

加倉井武史」


これが、そこに書かれた文字とサインだった。

「この加倉井武史という人に、間違いないんですか？」

十津川が、念を押した。

「そうです。私どもは、加倉井様と、お呼びしていました」

「確認しますが、この加倉井さんが、同じ時にここに泊まっていた、中川真由美さんと親しくしていたんですか？」

「そうですよ」

「どちらが先に、このホテルに、来たのですか？　中川真由美さんですか、それとも、この加倉井さんですか？」

「加倉井様のほうが、先だったと思いますね。何しろ五年も前のことで自信は、あまりないのですが」

と、フロント係が、いった。

「加倉井さんの顔を、覚えていますか？」

池内警部が、いった。

「もし、覚えているのならば、似顔絵を描いてほしいんですけどね」

フロント係は、ホテルの従業員の何人かに声をかけた。

すぐに、何人かが、集まってきたところを見ると、加倉井武史という客は、従業員によほど強い印象、あるいは、いい印象を、与えていたのだろう。

そのうちに、ホテルの中にある、フランス料理の店のボーイも、呼んでくれた。加倉井という客は、夜は決まって、ホテルの中の、レストランで、フランス料理を食べていたと、いうのである。

フロント係二人、フランス料理の店のボーイ二人、それに、ホテルの支配人まで加わって、加倉井武史という客の似顔絵を、作製することになった。

一時間ほどかかって、やっと、似顔絵ができ上がった。

端正な顔である。

「背が高いとか、痩せているとか、太っているとか、体の特徴についてはどうですか？」

十津川が、聞くと、五人が、いい合わせたように、背は高く、百八十五センチくらい。痩せていて、とにかく、スマートだったと、みんなが、いった。

「年齢は、いくつくらいでした？」

「あの頃、五十五歳くらいじゃなかったですかね」

と、支配人が、いった。

「ほかに、気がついたことはありませんか？　この加倉井武史という人についてですが」

と、十津川が、いうと、五人のうちの一人が、

「夏なので、よく、キャプテン帽を被っていましたよ」

と、いった。

「キャプテン帽？」

「ええ、そうですよ。たぶん、クルーザーくらい、お持ちになっていらっしゃったんじゃないでしょうかね」

つまり、クルーザーの、キャプテンということなのだろう。

「いつも女の人と一緒に、ウチの店に来て、夜は必ず、食べていただきましたよ」

フランス料理店のボーイが、いった。

ホテルの前に、海に面して、客用のベンチが、置いてある。そのベンチで、二人で腰を下ろし、何かを話しながら、海を眺めていたと、支配人が、いった。

「中川真由美さんは、八月五日に、チェックアウトしました。この加倉井さんのほうは、いつ、このホテルを、チェックアウトしたんですか？」

十津川が、聞いた。

五年前のことなので、なかなか、答えが返ってこない。

ようやく、ホテルの支配人が、

「加倉井様がチェックアウトなさったのは、その女性が出発された後だったと思いますよ。たしか、二、三日後に、チェックアウトされた筈です」

と、いった。

「皆さんから見て、加倉井武史さんですが、どんな仕事をしている人だと、思いましたか？」

池内警部が、きいた。

今度は、答えが分かれた。

商社マンだろうという者も、いれば、芸能関係の仕事をしている人ではないかという者もいたし、何かの学者ではないかという者もいた。

「ここに泊まっていたのは、七月から八月にかけてですよね。そうすると、ホテルのプールで、加倉井さんも、中川真由美さんも泳ぐことが、あったんじゃありませんか?」

亀井が、きいた。

「いや、加倉井様が、泳いでいらっしゃるところは、見たことがありませんね」

と、支配人が、いった。

しかし、背が高く、筋肉質で五十五歳ぐらいだったが、動きは機敏だったと、全員が、いった。

もう一つ、みんなが口を揃えていったのは、とにかく、オシャレで、ほかの客のように、ポロシャツや、アロハシャツといった、ラフな格好で歩き回るようなことはなく、いつも、白いサマースーツを着て、ネクタイを締め、胸のポケットからは、ネクタイと同じ色のポケットチーフがのぞいていたという。

「加倉井さんですが、携帯電話は、持っていましたか?」

十津川が、きいた。

「ええ、持っていらっしゃいましたよ。ロビーなんかで休んでいらっしゃる時、時々、外から、電話がかかってきていましたし、逆に、かけていらっしゃることもありましたから」

と、支配人が、いった。

「中川真由美さんのほうは、どうですか？　携帯を、持っていましたか？」

「あの方も、たしかに、携帯をお持ちでした」

と、フランス料理の店のボーイが、いった。

食事中に、彼女の携帯に、電話がかかってきたことが、あったので、それで、覚えているのだと、ボーイは、いった。

「このホテルの周りでは、魚を釣ってはいけないと、聞いたのですが、本当ですか？」

池内警部が、きき、

「そうです。現在、この島の周辺では、釣りは禁止されています」

と、支配人が、答える。

「五年前の夏も、そうでしたか？」

十津川が、きくと、支配人は、首を横に振って、

「いいえ、あの頃は、島の裏のほうでは、釣りをしてもいいことに、なっていました」

と、いった。

「もう一度、確認しておきますが、五年前には、島の裏では、釣りをしても、構わないことになっていたんですね？」

十津川が、念を押した。

「はい、そうです。ホテルとして、この辺の漁業組合に、料金を支払い、釣りをやりたいというお客様を、受け入れていましたから」

支配人は、はっきりと、いった。

その日、十津川たちは、夕食を、ホテル内にある、フランス料理店で取ることにした。

先ほど、似顔絵を作ることに協力してくれたボーイがいたので、食事の途中で、十津川は、彼に、声をかけた。

「この店で、加倉井武史さんは、同じ泊まり客の女性と一緒に、毎日、夕食は、フランス料理を食べていたんですね？」

「はい。気に入っていただいたので、うちの支配人も、とても、喜んでいたのです」

「ここに、飲み物の名前も書いてありますが、二人は、どんなものを、飲んでいたんですか？」

「ホテルには、裏に抜ける、小さなトンネルがあるんですよ。そのトンネルの途中に、ワインセラーが、ありましてね。ご希望でしたら、お見せしますが、温度や湿度を、完璧に管理できる、本格的なワインセラーです。加倉井様は、そのワインセラーにある中で、いちばん高価なワインを、いつも、オーダーされましてね。加倉井様のために、いつも、高級なワインを用意しておきました。それも、フランス産のワインをというのが、加倉井様の、ご希望でした」

「つまり、加倉井さんは、ワインにうるさいということ？」

池内警部が、きく。

「いつでしたか、加倉井様が、若い頃に、フランスで過ごしたことがある。その時から、ワインは、フランスのものに決めていると、おっしゃっていたのをきいたことがあるんです」

と、ボーイが、いった。

夕食を済ませると、十津川と亀井は、海の見える部屋に、引き揚げた。

伊豆の東海岸の相模灘の海は、いつでも少しだけだが、白波が立っている。

しかし、こちらの海は、まるで、鏡のように、穏やかである。その駿河湾が、暗くなっていく。

「加倉井武史という男ですが、われわれが探している、中川真由美の、スポンサーですかね？」

と、亀井が、いう。

「そうだな。断定はできないが、スポンサーの、候補者の一人と、見ていいだろう」

十津川が、いった。

「中川真由美ですが、彼女が、ウソをついていたことが、分かりましたね」

「彼女は、淡島のリゾートホテルの周りでは、好きな釣りが、禁止されていて、できないので、堂ケ島に来たと、いっていたらしいが、たしかに、それはウソだったね。五年前の夏には、淡島の裏の海では、自由に釣りができたんだから」

「こうなると、どうして急に、中川真由美が、淡島のホテルから、堂ケ島のホテルに、移ったのかが、気になりますね。まさか、殺されるためじゃないでしょうが」

「いや、カメさん、案外、殺されるためだったかも、しれないぞ。この淡島ホテルは、島の中のホテルだ。ここで彼女を殺したら、事件の時、島の中にいた人間が、犯人だということに、なってしまう。それで、犯人は、自由に動ける堂ケ島に彼女を移しておいてから殺した。溺死に、見せかけてね。そういうことだって、考えられる」

十津川が、真顔でいった。

「少しずつ、何かがはっきりしてくるような気はしているのですが、なかなかうまく形になってきませんね」

亀井は、それを、自分で確認するように、

「ここから堂ケ島に移った中川真由美は、八月十日、沖合で、溺死体になって発見されました。その翌日の八月十一日に、東京の初台で、警察庁OBの古賀隆司が、自宅マンションで、爆発事故にあい、死亡しました。この時間の系列は、やはり気になりますね」

「たしかに、気になるんだ。例えば、こんなことだって、考えられるよ。八月十日、堂ケ島の沖合で、中川真由美が、溺死体になって、発見された。つまり、中川真由美が死んだことが確認されたんだ。次の日に、古賀隆司が死んだ。あの時は、警察も消防も事故死と断定して、すぐに処理してしまったが、二つの事件が殺人で、同一犯人とすれば、犯人は中川真由美が死んだことを確認しておいてから、翌日、古賀隆司を殺したことになる」

「たしかに、その通りですが、問題は、動機ですね。淡島ホテルに、一週間泊まっていた中川真由美が、なぜ、堂ケ島に、移ったのか？　どうして、堂ケ島の沖合で溺死体となって発見されたのか？　なぜ、その翌日、東京で、古賀隆司が死んだのか？　この二つが繋がっているとすると、なぜなのかが、わかりません」

「そうなんだよ。なぜ、警察庁OBの、古賀隆司が死んだのか、いや、なぜ、殺されたのかも、分からないんだ」

十津川は、一時間かかって描き上げた、加倉井武史の似顔絵を広げて、テーブルの上に置いた。

「この男が、私たちが、知りたいと思っている疑問について、その答えを知っているのかもしれないな」

「加倉井武史というのは、本名でしょうか？」

「さあ、どうだろう？　今の時点では、それも分からないよ」

「警察庁の、ＯＢの中に、加倉井武史という人間が、いるのかもしれませんね」

「その可能性が、ゼロということもないな。念のため、明日になったら、警察庁に、電話をして、聞いてみよう」

6

翌日、ホテルの中で朝食を済ませると、十津川は、警察庁に電話をかけた。

一昨日と同じ、人事課にかける。すると、同じ声の相手が、電話口に出た。

「一昨日お電話した、十津川ですが、そちらのＯＢの中に、加倉井武史という方はおられますか？」

十津川が、きくと、相手は、

「ええ、加倉井武史なら、おりましたよ」

と、相手が、あっさりと、いった。

これには、十津川のほうが、ビックリして、

「本当ですか？　本当に、加倉井武史という人が、いるんですね？」

と、つい、大きな声になった。

「ええ、間違いなく、おりましたよ」

「それでは今、どこに、住んでいて、どんな仕事をされているか、教えて貰えませんか」

十津川が、いうと、

「加倉井さんは、もう、亡くなりました」

と、相手が、いう。

十津川は、二度、ビックリしてしまい、

「本当ですか？」

「ええ、本当ですよ」

「いつ頃、亡くなられたんですか？」

「そうですね、もう五、六年経つでしょうかね。このままでは、大事な仕事をすることができないといわれて、自ら、お辞めになったんですよ。お辞めになってすぐ、亡くなりました」

「病死ですか？」

「ええ、ガンでした。たしか、すい臓ガンだったと、記憶しています」

「五、六年前といわれましたが、正確な年月日は分かりませんか？」

今度は、すぐには、返事がなかった。しばらく待たされた後、

「加倉井武史さんは、今から六年前にお辞めになって、その一年後に病死されています。先程も申し上げたように、原因は、すい臓ガンです」

と、相手が、いった。

礼をいって電話を切り、十津川が、そのまま、亀井に伝えると、彼も、ビックリして、

「警察庁に、加倉井武史という人がいたんですか？」

「ああ、警察庁の答えでは、間違いなく在籍していて、六年前に退職したが、その一年後に、すい臓ガンで死亡した。そう教えられたよ」

「そうすると、この淡島ホテルに、五年前に泊まっていた、加倉井武史は、本人でしょうか？　それとも、その名前を、騙ったニセ者ですかね？」

「何者かが、加倉井武史という名前を、使った可能性もある」

「そうなると、ニセ者が、二人になりますね。中川真由美のニセ者と、加倉井武史のニセ者です。それにしても、どうして、ニセ者が、二人も、現れたんでしょうか？　そこが分かりませんね」

「何らかの、必要があって、中川真由美のニセ者が現れ、加倉井武史のニセ者が現れたんだ」

「しかし、どんな理由なのか、全く見当がつきませんね」

亀井が、小さく舌打ちをした。

十津川は、少しの間、考え込んでいたが、

「すぐ、東京に帰ることにする」

と、いった。

7

静岡県警の、池内警部に礼をいってから、十津川は亀井と、ホテルをチェックアウトし、三島(みしま)に出てから、新幹線で東京に戻ることにした。

帰る目的は、警察庁にいて、五年前に死んだといわれる加倉井武史について、調べるためだった。

十津川と亀井は、東京駅からまっすぐ、警察庁に行き、人事課長に会った。

十津川が、名前をいうと、人事課長は、露骨に、嫌そうな顔をして、

「どうして、十津川さんは、ウチのOBのことばかり、調べているのですか？」

「実は、ある事件のことを、調べているのですが、事件の中で、ここのOBの方の名前が浮上しているのです。それで調べているのですが、今朝、電話でお聞きした加倉井武史さんのことですが、五年前に亡くなったというのは事実ですか？」

「その通りです」

「加倉井さんの写真は、ありませんか？」

「六年前にお辞めになりましたからね。写真は、ないと思いますね」

「では、加倉井さんのことを、よく知っている方を、紹介していただけませんか？　同期で入って、今も、ここで働いている方がいれば、ベストなんですが」

十津川が、いうと、人事課長は、面倒だなという顔をしながらも、加倉井武史と同期で入り、今も、警察庁で働いているという職員を、呼んでくれた。

やって来たのは、間もなく定年退職するという、内藤（ないとう）という男だった。

十津川は、その内藤に、持参した、例の似顔絵を、見てもらうことにした。

「この似顔絵ですが、あなたが知っている、加倉井武史さんに似ていますか？」

十津川が、きいた。

内藤は、熱心に、というより、しつこく見ていたが、

「ああ、これは、加倉井君ですよ。間違いなく、加倉井君です」

「間違いありませんか？」

「どんなところが、本物の加倉井さんと、よく似ていますか？」

「細面（ほそおもて）で、ちょっと冷たい感じのする美男子のところが、そっくりです。本当は、温かくて、優しい人物なのに、整いすぎた顔のせいで、ともすると、冷たい、意地悪な人間に見られてしまう。それを、彼は、なげいていたのを憶（おぼ）えていますよ」

と、内藤は、いう。

「加倉井さんは、女性にもてましたか？」

「ええ。もてましたよ。彼の冷たい感じが素敵だという女性もいましたから」

「加倉井さんは、結婚していたんですか？」

「それが、よく分からないんですよ」

「どうしてですか？」

「彼は、なぜか、家族のことを全く喋（しゃべ）らない男だったんです。彼の家に遊びに行っても、女性が出てこないで、彼が、お茶やコーヒーを出してくれるんで、奥さんは、いないのだろうと、考える者も、沢山（たくさん）いましたね」

「加倉井さんが役所に出した履歴書には、どう書いてあったんですか」

十津川がきくと、内藤は、笑って、

「加倉井君が、履歴書を出したのは、大学を出て警察庁に入庁した時だから、まだ独身ですよ。その後、訂正していなかったと思いますね」

「辞める時は、どんな部署にいたんですか？」

「それも必要ですか？」

「ぜひ、教えて下さい」

「企画開発課の長でした」

「企画開発課？　そんな課があったんですか？」

「新しく設けられた課ですよ。警察庁が、時代の新しいニーズに応えるために、どうしたらいいかを研究する部門です」

「今も、企画開発課は、あるわけですね？」

「いや、もう無くなっています」

「どうしてですか？」

「私には、はっきりしたことは分かりませんが、課長の加倉井君が、辞職してから、この仕事にふさわしい人間が、いなくなってしまったということで、自然に、その課も消滅してしまったように、聞いていますが」

と、内藤はいう。

「企画開発課には、何人いたんですか？」

「課長の加倉井君を含めて五人です」

「ひょっとして、その企画開発課は、公安関係の仕事をしていたんじゃありませんか？」

「そんなことは、ありませんよ」

内藤は、ムキになって、否定した。

「加倉井さんは、クルーザーを持っていましたか？」

「クルーザー？」

「外洋にも出られる大型のヨットです」

「さあ、どうだったかな。少なくとも、僕は、そんな豪華な船に、乗せて貰ったことは、ありませんよ」

と、内藤はいった。

十津川は、「企画開発課」のことを、人事課長にも、きいてみた。

「企画開発ですか？　そんな課がありましたかねえ？」

と、いう。

「新しく出来た部署で、その課長が、加倉井さんだったと、ききましたよ。彼が辞めたあと、すぐ、この企画開発課も、消滅したとききましたが」

十津川が、いうと、人事課長は、笑った。

「今の社会は複雑だから、新しい事態に対応しなければと思って、新しい部署を作ったんでしょうね。しかし、結局、必要なしと分かったので、なくして、しまったんです。よくあることですよ」

「よく、あることですか？」

「そうです。十津川さんの所属する警視庁だって、同じじゃありませんか」

「そんなことは、ないと思いますが」

と、十津川は苦笑してから、

「加倉井さんの本籍、わかりませんか」

「確か、湘南の生まれときいていますが、くわしいことは、わかりません」

人事課長の返事は、相変わらず、そっけなかった。

第四章　日本のヒーロー

1

十津川が関心を持ったのは、加倉井武史という元官僚の男だった。もっと正確にいえば、加倉井武史の経歴であり、中川真由美との関係である。

加倉井は、大学を卒業してから、警察庁に入り、最後は、企画開発課という、いわば、閑職の課長で終わっている。

加倉井は、定年前に警察庁を辞め、それからの彼が、いったい、どこで、何をしていたのかは分からない。しかし、五年前、偶然かどうかは、定かではないが、加倉井は、淡島のリゾートホテルに泊まり、そこで、中川真由美と、出会っているのである。

ホテルの支配人や、ボーイの証言によれば、加倉井武史と、中川真由美の二人は、淡島のホテルに、滞在中、仲良く散歩をしたり、食事をしたり、イルカのショーを見たりしていたという。

その後、中川真由美が、先にホテルをチェックアウトし、堂ケ島に行って、そこで死んでいる。

加倉井武史のほうも、二、三日後、淡島のホテルを、チェックアウトしたが、その後の彼の行動は、分かっていない。というより、誰も調べていないのだ。

淡島のホテルで、初対面の二人が、偶然出会って、仲良くなったのか、それとも、二人は、以前からの、知り合いであり、前もって示し合わせて、ホテルで、待ち合わせたのか、十津川は、その点を、確認したかったのである。

十津川は、警察庁に頼み、加倉井武史の、警察庁でのくわしい経歴を教えてもらうことにした。

しかし、加倉井武史に関する情報を、十津川に教えることを、警察庁は、なぜか、渋っている。

そのため、十津川は、三上本部長を通じて、警察庁に頼んでもらい、その結果、加倉井武史の経歴が、やっと、十津川の手元に送られてきた。

十津川は亀井と二人で、その経歴を見ていたが、あることを、知って、思わず、目を光らせた。

それは、加倉井武史が、四十六歳から一年間だけ、金沢の警察署で、刑事二課の、課長をやっていたということだった。異例の人事である。

十津川が目を光らせた理由は、金沢という地名にあった。中川真由美にも、浜松市内の高校を卒業した後、金沢に行き、働きながら、二十三歳まで過ごしていたという、事実があるためである。

しかも、金沢で過ごした最後の半年の間に、彼女の身に、何かあったらしいのだ。

それまでの彼女は、ファーストフードの店で働いて、慎ましく暮らしていたというのに、金沢での最後の半年間では、突然、経済的に豊かになり、部屋を移って改装したり、ブランド物のハンドバッグなどを、次々に、買うようになっていたからである。

十津川は、この二人の経歴を重ね合わせてみた。

すると、予想した通り、加倉井武史が、金沢東警察署で、刑事二課の課長をやっていた一年間に、中川真由美の金沢での最後の半年が、一部重なったのである。

もちろん、これだけで、その頃から、二人が、知り合いだったと、断定することはできない。

十津川は、金沢東警察署で、刑事二課長をやっていた頃の加倉井武史について調べるために、亀井と二人で金沢に向かった。

加倉井武史が、金沢東警察署で刑事二課長をやっていた頃の署長は、すでに、定年退職してしまっていた。現在の署長は、加倉井武史のことは、あまり知らないと、いう。

そこで、当時の署長を、探すことにした。

幸い、当時の署長が、いまも、存命であり、年金生活のかたわら、町内会の役員などを、やって暮らしていることが分かった。

名前は三浦努である。

二人は、金沢市内の外れにある、三浦の家を訪ねていった。

すでに七十一歳になっていたが、三浦元署長は、かくしゃくとして元気な老人だった。ありがたいことに、記憶力も、衰えていないという。

「加倉井武史という人が、金沢東警察署で、一年間、刑事二課の課長を、やっているのですが、この人のことを覚えていらっしゃいますか？」

十津川が、きくと、三浦は、笑って、

「加倉井君のことなら、もちろん、よく覚えているよ」

「ということは、加倉井武史さんが、それだけ優秀な刑事だったということですか？」

十津川が、いうと、三浦は、苦笑いして、

「いや、そうじゃないんだ。私がよく覚えているといったのは、加倉井武史という人間が、なぜ突然、本庁からやって来たのかが、分からなかったからなんだ。一応、刑事二課の課長というポストは与えられていたがね、二課長としての仕事は、ほとんどといっていいほど、やらなかったんだよ」

と、いう。

「では、加倉井さんは、どんな仕事を、やっていたんですか？」

「当時、彼が、何をやっていたのかはっきりしないのだ。突然、警察庁から、電話があって、今から一年間、加倉井武史という人間を、そちらに、出向させるが、彼の行動は、全て、秘密にしておきたいので、そちらでも、詮索したり、調べたりしないでほしい、といわれた。県警本部長にも、警察庁からの要請に、協力しろといわれていたので、何も調べずに、加倉井という人物を受け入れたんだよ。一応、刑事二課長というポストを、与えたが、特に、何かの仕事を頼んだというわけじゃない」

「加倉井さんは、毎日、どう過ごしていたんですか？」

「毎日、出勤してきて、すぐ外出した。どこに行って、何をしていたのか、私は、全く知らない。調べないという約束だったからね。そして、一年後に、彼は、東京に帰っていったんだ」

「しかし、加倉井武史という人間について、全く、調べなかったというわけではないでしょう？　どういう人間か分からなければ、金沢東警察署に、置いておけないじゃないですか？」

「いや、ほとんど、何も調べなかった。ただ、私が知っていたのは、加倉井という官僚は、二十八歳の時、オリンピックにも出場したライフル射撃の選手だったということだけでね。メダルはとれなかったが、私は、彼が、オリンピック選手だったということを、知っていたし、署員の中にも、何人かは、そのことを知っていて、加倉井武史に、尊敬の目を向けていたことも知っている」

と、三浦が、いった。

「当時、加倉井さんは、刑事二課の仕事はしていなかったといわれましたが、刑事二課長の辞令は、出していたわけでしょう？」

「もちろん、辞令は、出しているよ。警察みたいな組織では、形が大事だからね」

「加倉井さんは、刑事二課長の名刺は持っていたわけですね？」

「ああ、もちろんだ」

「話は変わりますが、金沢市内に、レインボーという、ブランド製品を扱う、専門店がありました。今もありますが、三浦さんは、ご存じですか？」

「ああ、知っているよ。たしか、私の孫娘が、そこで、シャネルのバッグなどを買っているはずだ」

三浦が、小さく笑った。

「このレインボーですが、日本国内にチェーン店が、十店あって、社長は、山中正堂という男です。そして、この山中社長の知り合いに、警察庁のOBの古賀さんという人がいたのですが、このことも、ご存じですか？」

十津川が、きくと、三浦は、また笑って、

「ああ、知っている」

「どうして、ご存じなのですか？」

「レインボーという店のことで、私が、金沢東警察署の署長だった時、ゴタゴタが起きたことがあってね」

と、三浦が、いった。

「どんな、ゴタゴタだったのですか？」

「レインボーという店は、シャネルとか、ルイ・ヴィトンとか、カルティエとかのブランド製品を売っている店なんだが、つねに、一割か二割の割引をして売っていた。値段が安いのはいいんだが、ひょっとすると、ニセモノを、売っているんじゃないかというウワサが立ったりしてね。その店でバッグか何かを買った女性から、レインボーで、ニセモノをつかまされた。あの店を、調べてくれといった投書や電話が、何回かあったんだよ。無視するわけにはいかないので、一応、刑事二課が調べたことがあった。社長の山中正堂を署に呼んで、話を聞いたこともある。その時に、山中社長の知り合いだといって、警察庁の古賀さんが、一緒にやって来てね。山中社長の弁護をしたのを、よく覚えている。県警本部長からは、一応、警察庁の、古賀さんの顔を立てて、穏便に処理しろといわれたこともあったよ」

「その古賀さんが、東京のマンションで、ガスもれで、爆発事故があり、奥さんと一緒に亡くなったのは、ご存じですか？」

「知らなかったね。本当かね？」

「本当です」

と、十津川は、頷いてから、

「レインボーの扱っているブランド製品で、ゴタゴタが、起きた時ですが、刑事二課長の肩書を持っていた加倉井さんは、どうしていたんですか？」

「古賀さんが、山中社長と、やって来た時に、私の後輩の加倉井君が、警察庁から、こちらに出向してきているはずだ。呼んできてくれないかといわれたので、加倉井君を同席させたこともあった」

「その時に、加倉井さんと古賀さんは、どんな話を、しているんですか？」

「そこまでは、私は知らん。ただ、先輩後輩の、間柄だから、古賀さんが、ニコニコしながら、加倉井君を、迎えたことだけは覚えているんだ。二人で、どんな話をしたのかは知らん」

三浦が、急に、そっけない調子になった。

「その時ですが、ニセモノをつかまされたといって、女性が、文句をいってきたといいますが、彼女の名前は、中川真由美じゃありませんか？　そういう名前を覚えていらっしゃいませんか？」

今度は、亀井が、きいた。

「中川真由美？　そんな名前は、覚えていないな」

と、三浦が、いう。

「この女性なんですが」

十津川は、持参した中川真由美の似顔絵を、三浦に見せた。

三浦は、眼鏡(めがね)をかけ直して、似顔絵を手に取って、じっと見ていたが、急に、ニッコリして、

「ああ、思い出したよ。名前は覚えていないが、たしかに、この女性が、あのゴタゴタの時にいたのは、覚えている。なかなかの、美人だったね」

「この似顔絵の女性が、中川真由美です。彼女と加倉井武史さんが、問題のゴタゴタがあった時に、知り合ったということは、考えられませんか？」

「はっきりとは分からないが、そういうことは、なかったんじゃないかね？　古賀さんに呼ばれて、急に、加倉井君が出ていったんだが、その時に、この似顔絵の女と出会ったということは、まず、考えられないね。加倉井君が呼ばれて、レインボーに行ったのは、その時の一回だけだからね」

三浦は、否定的な見解を、口にした。

「加倉井さんは、突然、警察庁から、金沢東警察署に送り込まれてきて、一年後には、警察庁に戻ってしまったわけでしょう？　その一年間に、加倉井さんが、ここでいったい、何をやっていたのか、全く、分かりませんか？」

十津川は、食い下がった。

「いや、分からないね。とにかく、彼の行動を、チェックしてはいけないと、県警本部長からもいわれていたからね。何をやっていたのかも分からないし、それを調べようとも思わなかった。もちろん、警察庁からの説明もなかったよ。何か、秘密捜査だろうとは思っていたがね」

「加倉井さんのことを、知っている人は、三浦さんのほかに、誰か、いませんか？」

十津川が、きくと、三浦は、考え込んでいたが、

「警察庁のお偉方（えらがた）なら知っていると思うけど、何も喋らないだろうね。もう一人、私が、署長をやっていた時の、県警本部長だが、すでに、亡くなってしまっているから、話を聞くというわけにはいかないな」

「ほかにいませんかね？」

十津川が、重ねてきくと、三浦は、しばらく考え込んでいたが、

「そうだな、もしかすると、あの人なら、知っていたかもしれないが、彼も、二年前に亡くなっているしな」

と、つぶやいた。

その言葉が、十津川は、気になって、

「その、二年前に、亡くなったというのは、どういう人ですか？」

「この金沢には、大変なヒーローがいてね。その人は、国民栄誉賞まで、もらったという大変な人なんだ」

三浦が、楽しそうにいう。

「その人は、ひょっとして、佐々木宗雄（ささきむねお）じゃありませんか？　オリンピックのマラソンで、二回連続して、優勝した。たしかに、国民栄誉賞をもらっていますが、金沢の人だったんですか？」

「そうだよ。金沢が生んだヒーローだ。引退した後も、この金沢で、事業を始めて成功している」

「私も、マラソンの、佐々木選手のことは、よく知っていますが、加倉井さんのことを、その佐々木宗雄に、聞けばいいというのは、どういうことですか？」

十津川は、いってから、三浦の返事を待つまでもなく、自分から、

「ああ、そうか」

と、つぶやいた。

「三浦さんは、さっき、加倉井武史は、二十代の頃に、ライフル射撃の、日本代表選手としてオリンピックに、出ているといわれましたね？　その、オリンピックは、佐々木宗雄が、マラソンで優勝した時の、オリンピックなんですね？」

「そうだよ。二人は、オリンピックを通じて、知り合っているはずなんだ。だから、佐々木宗雄なら、少しは、加倉井君のことを知っているかもしれないと、思ったんだがね。残念ながら、佐々木宗雄も、二年前に亡くなってしまった」

三浦は、小さく肩をすくめた。

2

「もう一つ、お伺いしますが、加倉井武史さんは、一年間、金沢東警察署に、いたわけですよね？　その時、どこに、住んでいたのか、覚えていらっしゃいますか？」

「私が知っている限りでは、金沢市内のマンションで、一人で暮らしていたはずだ」

三浦は、そのマンションの、名前と場所を教えてくれた。

「一人でというと、家族は、どうしていたんですか？」

「たしか、家族は、東京に残して、単身赴任だったはずだ。たった一年間の予定で、この金沢に、来たわけだから、単身赴任のほうが、何かと気楽だったのかもしれんな」

十津川と亀井は、三浦が教えてくれた金沢市内のマンションに、行ってみることにした。

幸い、そのマンションは、まだ、残っていた。以前から、賃貸マンションで、東京から単身赴任してきた加倉井武史も、部屋を借りたのだろう。

マンションの持ち主は、金沢駅前の、不動産会社だった。

十津川と亀井は、その、不動産会社に行き、警察手帳を見せて、社長に、

「十三、四年前の話なんですが、お宅のマンションの六〇一号室を借りていた、加倉井武史さんという人について、覚えていらっしゃることがあれば、ぜひ、お話を、お聞きしたいのですが」

「十三、四年前の話ですか」

　と、社長は、当惑した顔になって、

「そういう、古いことになると、記憶も曖昧になっていますし、書類なども、すでに、焼却してしまっていますからね。刑事さんのお役に立てるかどうか、自信がありませんが」

　と、弱気なことを、いった。

「その部屋を借りていた加倉井という人は、金沢東警察署の刑事二課長だったんですけどもね。たしか、一年間だけ、六〇一号室を借りていたらしいのです」

　亀井が、つけ加えると、突然、社長は、

「ああ」

　と、声を出して、

「あの刑事さんのことなら、よく、覚えていますよ。ウチのマンションを、金沢東警察署の課長さんが、借りてくださるというので、喜んだのを、よく覚えています。警察の方が入居してくだされば、何かの時に、助けてくださるのではないかと、思いましてね。そうですか、あの、刑事さんは、加倉井さんといいましたかね」

「あのマンションの、六〇一号室を、一年間の約束で借りた。それは、間違いありませんか？」

「ええ、普通、賃貸マンションというのは、二年の契約で、お貸しするんですが、どうしても、一年だけというので、仕方なくお貸ししました」

「その一年の間で、何かありましたか？」

「何かというと、例えば、どういうことですか？」

「加倉井さんは、東京から、単身赴任で来ていたんです。それで、男一人が、マンション暮らしですから、何か問題を、起こしたのではないかと、そう、思いましてね。お聞きしたのですが」

「そういうことは、全く、ありませんでしたよ。ほかの住人の方とは、何の問題も、起こされませんでしたしね」

「加倉井さんが、あの、マンションで、どういう日常生活を、送っていたか、ご存じの方はいらっしゃいませんかね？」

これは、亀井が、きいた。

「そうですね。あの刑事さんは単身赴任でしたから、掃除をするのが、面倒で、掃除は清掃会社に頼んで、週に二日、来てもらっていましたね。その会社は、うちが紹介したんで、何か知っているかも、しれませんよ」

社長はすぐ、その清掃会社に、電話をかけてくれた。

清掃会社の社長は、気を利かせて、十三、四年前のことをよく知っている、ベテランの社員、それも二人を呼んでくれた。

十津川は、その二人を、近くの、喫茶店に誘い、コーヒーとケーキを一緒に食べながら、亀井と二人で、当時のことを、聞くことにした。

十津川が、問題のマンションの、六〇一号室のことを聞くと、二人とも、しっかりと覚えていた。

「たしか、あの部屋の、お客さんは、金沢東警察署の刑事さんでしたよね？」

と、一人が、いい、

「刑事二課の課長さんでした。なかなかの、美男子で、一人で、あのマンションに住んでおられたので、同じマンションの、女性たちから、われわれが、いろいろと質問されて、困りましたよ」

と、もう一人が、いった。

「どんな質問ですか？」

「本当に一人なのかとか、どういう趣味を、持っているのかとか、そういうことを、聞かれましたよ」

「われわれが知りたいのは、加倉井武史さんが、毎日、どんな暮らしをしていたのかということなんですが、例えば、若い女性が、あの部屋を、訪ねてきたことはありますか？」

「そこまでは、分かりませんが、あの部屋に、女性を、連れ込んだことはないと思いますよ。週に二回、部屋の掃除を頼まれていましたけど、女性の持ち物があったりとか、女性の髪の毛が、落ちていたというようなことは、一度も、ありませんでしたから」

と、一人が、いった。

今度は、亀井が、きいた。

「それでは、あの部屋を清掃していて、何か気がついたことはありませんでしたか？」

二人は、顔を見合わせ、小さな声で話し合っていたが、一人が、

「そういえば、部屋の壁に、あの人の、写真が貼ってありましたね」

「あの人って、誰ですか？」

「金沢が生んだ、ヒーローの、佐々木選手の写真ですよ」

「ああ、オリンピックのマラソンで二連勝した、金沢の英雄ですね？」

「ええ、そうです。その佐々木選手の写真が、壁に、貼ってありましてね。その写真に、

「写真に、住所と電話番号が書き込んであったんですね？」

「確認しますが、佐々木選手の写真に、住所と電話番号が、書いてあったんですよ」

「たぶん、加倉井という人は、佐々木選手に、会いたかったんじゃないですかね？　写真を飾ったとしても、普通は、住所や電話番号なんかは書きませんから」

「この似顔絵を見てくれませんか？」

十津川は、中川真由美の似顔絵を二人に見せることにした。

「この女性が、あの、マンションに住んでいたとか、この人の写真が、加倉井さんの借りていた六〇一号室に、置いてあったとか、そういうことは、ありませんでしたか？　名前は、中川真由美です」

「中川さんというのですか？」

「そうです。中川真由美という名前です。当時はたしか、二十二、三歳だったと思うんですが」

「この人を、見た記憶もないし、似顔絵に心当たりはありませんね」

と、清掃会社の社員は、いった。

ここは、空振りだった。

ほかに、いったい、どんな質問を、したらいいのか？

十津川が、考えていると、二人のうちの一人が、

「刑事さんの、参考になるかどうか分かりませんが、初めて、清掃サービスの契約に行った時、あの刑事さんから、ブランド物の、販売をしている店のことを、聞かれました」

と、いった。

それを聞いた亀井が、勢い込んで、

「その店って、レインボーのことじゃありませんか？」

と、きいた。

「そうですよ。レインボーです。そういう名前でした」

「レインボーの、どんなことを、聞かれたのですか？」

「その店の評判とか、どんな人が、買いに来るのかとか、そんなことを、聞かれたのです。あの刑事さんは、単身赴任だと聞いたものですから、その店で、ブランド物の何かを買って、東京の、奥さんに送るのではないか？　私たちは、そんなふうに、考えていましたけどね」

と、一人が、いった。

十津川は、

（やっと、こちらの求めている答えが、一つだけ、見つかった）

と、思った。

加倉井武史が、金沢東警察署に、出向してきてすぐ、レインボーという店のことを聞いたということは、そこでブランド製品を買って、東京にいる、家族に送るつもりだったとは、考えられない。

レインボーは、ブランド製品をつねに安く売っていたが、そのことで客に訴えられたりするなど、いろいろと問題を起こしていた。その問題を起こした客の一人が、中川真由美なのだ。

そう考えると、

(加倉井武史が、中川真由美に会った可能性が、これで少しは強くなった)

と、十津川は、思った。

ただ、加倉井が、中川真由美に、会ったとしても、それだけでは、わざわざ、一年間だけ、警察庁から、金沢東警察署に出向してきた理由が分からない。

(こうなると、加倉井のことより、郷土の英雄といわれる佐々木選手のことを、調べたほうが、早道かもしれないな)

と、十津川は、思った。

3

佐々木宗雄は、この金沢では、知らない者がいない。オリンピックの英雄であり、国民栄誉賞までもらったヒーローでもある。

オリンピックのマラソンで二回連続の優勝を遂げた後、佐々木は、自分で、運動具の製造販売をする会社を、設立し、彼の名声もあって、その会社は、大成功した。

特に、佐々木の会社が作った、マラソン用のシューズは、各国の、男女のマラソンランナーが競って買い求め、そのシューズを履いて、オリンピックで優勝した選手も出てきて、それが、宣伝効果になり、佐々木の会社は、うなぎ上りに、営業成績を上げていったという。

佐々木は二年前に、亡くなったが、現在、「佐々木運動具」の社長を、佐々木の妻が務め、息子が営業部長をやっていることは、金沢の人間なら、誰もが知っていることだった。

「佐々木選手の奥さんに会ったら、何でも話してくれるかな?」

十津川が、いうと、亀井が、

「いや、あまり期待しないほうがいいですよ。われわれが話を聞きに行けば、向こうは、警戒して、何も、話してくれない恐れがあります」

「じゃあ、どうしたらいい？」

「金沢東警察署の署長室の、棚にもあったんですが、佐々木宗雄のことを書いた本があるんですよ。題名は『郷土の英雄　佐々木宗雄の全て』で、スポーツジャーナリストの、近藤昌信が書いています。まず、その本を読んでみたらどうでしょうか？」

と、亀井が、いった。

「カメさんは、そんなことを、よく覚えているね？」

「私は、佐々木宗雄のことは、あまり知らないのですが、著者の近藤昌信という人の本は、今までに、何冊か読んでいるんです。特に、陸上選手の成功や、失敗を書いた本は、なかなか面白いですよ」

「近藤昌信というスポーツジャーナリストだがね、この金沢に、住んでいるのか？」

「たしか、金沢の人だというのを聞いたことがあります」

電話帳で調べてみると、たしかに、金沢市内のマンションに、近藤昌信が住んでいることがわかった。

十津川は、本を読み終えると、アポなしで、近藤昌信のマンションを、訪ねることにした。

十津川は、一刻も早く、事件を解決したいと考えている。その解決のカギを、今、見つけかけている、そんな、気がしたのだ。

アポを取ろうと、事前に連絡をし、もし、断られたら、せっかくの、事件の解決の糸口が、遠ざかってしまうだろう。そう考えて、とにかく、当たってみることにしたのである。

近藤昌信は、在宅していたが、明らかに、不愉快そうな表情を作った。

「警察の方と、お会いして、お話をしなくてはならないようなことは、何もないと、思うんですけどね」

近藤は、皮肉交じりに、いった。

「われわれ、警視庁捜査一課では、現在、ある殺人事件の捜査を、しています。その事件に、この金沢の、英雄であるマラソンの佐々木宗雄さんが、関係しているのではないか？もう一人、元警察庁の加倉井武史という官僚がいるのですが、この二人が、殺人事件解決のカギを握っているらしいのですよ。ところが、この二人とも、すでに亡くなっています。それで、ぜひ、佐々木選手のことを、お聞きしたいと思って、こうして伺ったのです」

十津川の話に、というより、殺人事件という言葉に、近藤は、反応した。

何も話したくない。すぐ、帰れといいたげだった表情が、変わって、

「まあ、上がってください」

と、いった。

リビングルームに、通され、近藤昌信が、コーヒーを淹れてくれた。

「近藤さんは、以前、『郷土の英雄　佐々木宗雄の全て』という本を、お書きになっていますね？」

亀井が、切り出すと、近藤は、大きく頷いたが、

「佐々木選手のことを、調べていくと、どうにも、腑に落ちないところがあるんですよ。彼の人生には、空白が、あるといったらいいのか、分からないところが、あるんですよ。それを、どうしても、明らかにしたくて、あの本の、続きを書こうと、金沢で頑張っているんですがね」

「それでは、こちらから、今までに、分かったこととか、壁にぶつかって、困っていることなど、洗いざらい、近藤さんに、お話ししますよ。その代わり、今、近藤さんがいわれた、佐々木選手には、分からない、空白の期間があるということについて、その話を聞かせてください」

十津川は、そういってから、近藤の淹れてくれたコーヒーを、一口、含んだ。

「今もいいましたが、現在、私たちは、加倉井武史という元警察庁の官僚のことを調べています。しかし、彼は、すでに、亡くなっています」

「その、加倉井武史という人のことなら、すでに調べて、本の中にも、書いています。たしか、加倉井さんは、佐々木選手と同じ時のオリンピックに、ライフル射撃の選手として、出場している。成績は芳しいものではなかったが、同じオリンピックで、佐々木選手が、マラソンに出場し、優勝して、日本では、大々的なニュースになった。この金沢では、号外まで出ているのです。その後、加倉井武史が、金沢東警察署に出向してきたことは、もう書いています」

「しかし、加倉井さんが、金沢東警察署に、出向してきた理由は、ご存じないんじゃありませんか？」

「東京から、出向してきたことは、別に、問題はないんじゃありませんか？　エリート官僚の世界では、当たり前のことでしょう。地方を何年か回ってから、本庁に、戻って、出世していくといわれていて、加倉井さんも、同じことを、やっていたのではないかと、思っていますけどね」

「しかし、加倉井さんは、本庁に帰ったあと、閑職に追いやられ、定年前に退職していますす」

「本当ですか」

「普通は、近藤さんのいわれる通りですが、この場合は、少し違うのです」

「どう違うのですか？」

「今から十三年前のことですが、突然、警察庁から金沢東警察署に、一年間、加倉井武史という人間を出向させるから、適当なポストを与えてくれという命令があって、一年間、加倉井さんについては、何もいわず、自由に行動させたというのです。当時の金沢東警察署の署長だった人に会って、話を聞いてみたのですが、彼も、なぜ突然、警察庁から、加倉井さんが来たのか、理由は今も分からないといっています」

「ちょっと待ってくださいよ」

近藤は、急に、目を光らせると、

「加倉井さんが、警察庁から金沢東警察署に来たのは、普通の人事異動ではなかったのですか？」

「たしかに、官僚の世界では、数年間、地方回りをしてから、本庁に、戻って出世するケースが、多々見られますが、出向期間が、一年間だけということはありませんよ。それに、金沢東警察署では、出向してきた加倉井刑事に、一応、刑事二課長の、ポストを用意しましたが、刑事二課長としての仕事は、ほとんど、やらなかったと、いっているんです」

「それでは、加倉井さんは、何をしに、金沢に、出向してきたのですか？」

「実は、それが、分からずに、困っています。警察庁は、いくら聞いてもはぐらかすばかりで、答えてくれないし、当時の署長さんは、今、いったように、分からないというばかりなんです。当時の、県警本部長は、本当の理由を、知っていたと、思われますが、すでに、亡くなってしまっています」

「十津川さんは、出向の本当の理由を、知っていて、隠して、いるんじゃありませんか?」

近藤が、疑わしそうな目で、十津川を見た。

「いや、知りません。知りたいからこそ、こうして、金沢まで来て、調べているのです。ただ、加倉井さんは、こちらに来てすぐ、佐々木選手のことを調べています。金沢に来て、加倉井さんが住んだマンションの壁に、佐々木選手の写真が貼ってあって、そこに、住所と、電話番号が、書いてあったそうですから」

「同じスポーツマンだし、同じオリンピックに出ているんだから、別におかしくはないでしょう?」

「私には、それだけとは、思えないのです」

「どうしてですか?」

「加倉井さんが、出向してきて、すぐに、実行したことが、もう一つあるんです。金沢で、ブランド製品のディスカウント販売をやっているチェーン店があって、名前を、レインボーというのですが、この店は、ご存じですか？」

「レインボーという店の名前なら、知っていますよ。実際に店に行ったことも、一、二度はありますから。その、レインボーと、加倉井さんと、どういう関係にあるんですか？」

「それはまだ、分かりません。繰り返しますが、加倉井さんは金沢に着いてすぐ、佐々木選手の写真を、壁に貼って、住所と電話番号を書き込んでいるのです。そして、もう一つ、レインボーという店のことを聞いているのです。店の評判とか、どんなお客が、買いに来ているのか、とかをです」

「なるほど」

「このレインボーという店ですが、お客との間にゴタゴタを起こして、警察に、調べられたことがあるんです。それは、ご存じですか？」

「ああ、そんなことが、新聞に載ったことも、ありましたね。ニセモノを売っているんじゃないかというウワサが広まって、その挙句（あげく）に、レインボーで、ブランド物を買ったお客が、ニセモノを、つかまされたといって、店と揉めたとかいう、そんな話でしょう？」

「その通りです。レインボーにクレームをつけた女性客は、中川真由美という名前です。当時、二十三歳でした」

「中川真由美ですか」

「伊豆の淡島という島に、お洒落(しゃれ)な、リゾートホテルがあるのです。今から、五年前、中川真由美と加倉井さんは、そのホテルに、同じ時期に、泊まっていて、親しくしていたといわれています。私は、今から十三年前に、加倉井さんと、レインボーで扱っている商品に文句をつけたという中川真由美とが、この、金沢のどこかで会っていたに違いないと、思うのです」

「刑事さんの話は、どうも、まどろっこしいですね。何だか、想像ばかりで、話しているような、そんな、気がするのですよ。証拠らしいものがない」

近藤が、嫌みをいう。

少しばかり、白けた空気になってきたので、十津川は、

「近藤さんに、お聞きしたいのですが、佐々木選手の本を、お書きになりましたよね？　内容に、納得できないところがあるので、それを調べて、続編を書きたいと、おっしゃっていますが、どこが、気に入らないのですか？」

と、きいてみた。

近藤は、しばらく、考えていたが、

「今から、しっかり調べようと思っていることなので、くれぐれも、内密にしておいていただきたいのですが」

「安心してください。もちろん、秘密は守ります」

「ズバリいってしまえば、佐々木選手の、女性関係です」

「女性関係？　ということは、思った以上に、女性関係が、乱れていたのですか？」

十津川が、きくと、近藤は、笑いながら、首を横に振って、

「いや、その逆です。あまりにも、佐々木選手の周辺が、きれいすぎるので、逆に、首を傾(かし)げてしまうのですよ」

「どうして、そう、思われるのですか？」

「佐々木選手ですがね、二十代で、二回のオリンピックのマラソンで、続けて、優勝しているんです。郷里の英雄というよりも、日本の、英雄ですよ。それに、日本のマラソン選手としては、背が高く、美男子です。その上、事業でも、大成功しています。どこから見ても、申し分のない佐々木選手が、女性にモテないはずがないんですよ」

「たしかにそうですね」

「しかし、いくら調べても、女性の影が、どこにも、見当たらないのです。奥さんとの仲が良くて、奥さん以外には、女性なんて、いないという雰囲気なんですよ。いかにも郷里の英雄で、国民栄誉賞をもらった、日本のスーパースターらしく、清潔で、模範的な夫であり、選手なんですよ。もちろん、それはそれで、立派なんですが、私には、どうも、何

か不自然だという気がして仕方がないんですよ」

「佐々木選手の、奥さんという方は、どういう方なんですか？」

亀井が、きいた。

「オリンピックのマラソンで優勝をしたあと、石川県の人間は全て、佐々木選手は、いったい、どんな女性と、結婚するのだろうかと考えて、それが、郷里の人たちにとっては、共通の、最大の関心事に、なってしまったんですよ。日本のヒーローを、変な女性と、結婚させるわけにはいかないということで、石川県選出の、国会議員である、前田国務大臣が乗り出してきて、自分の一人娘の恵子さんとの結婚を、半ば強引に、決めてしまったんですよ。彼女は、学習院の卒業生で、家柄も良く、大変な美人でしたから、お似合いのカップルだということで、結婚式の時は、大変な、騒ぎになりましたね」

「佐々木夫妻には、お子さんがいますよね？」

「男の子が一人いて、佐々木選手が始めた、運動具の製造販売の会社で、営業部長を、やっていますよ。佐々木選手は、二年前に、病死しましたが、その時、佐々木選手は、幸福な選手生活を送り、幸福な結婚をし、理想的な夫であり、父でもあったと、ベタぼめの追悼記事を書いた新聞も、ありましたね」

「近藤さんの話を、伺っているうちに、少しばかり、前途が、明るくなってきたような気がしますよ」

十津川が、いうと、近藤は、

「それは、どういう意味ですか？」

「今回の殺人事件の捜査に当たっていて、どうしても、気になったことがあるんです。登場人物の行動が、奇妙なんですよ」

「どんな風にですか？」

「例えば、加倉井武史の行動です。一年間だけ、金沢東警察署に出向して、その上、その間、普通の刑事の仕事はしていない。一応、刑事二課の課長のポストは、用意されていましたが、彼が、その仕事を、していたことは、ほとんど、ありません。彼は、日本のヒーロー、佐々木選手のことを調べ、また、会っているらしい。もう一つ、レインボーという、ブランド製品を売る店のことを調べ、問題が起きたとき、なぜか、警察庁の古賀さんと会っている。そのレインボーの客に、中川真由美という女性がいます。彼女は、浜松に生まれて、地元の高校を卒業後、この金沢に、働きに来ていたんですが、二人の金沢時代が重なるのです。その後、中川真由美のニセ者が現れたりしているのですが、ニセ者も、本物も、どちらも、妙な死に方をしているのです。殺されたのではないかという疑いを、われわれは、持っているのです」

と、十津川が、いった。

「ぜひ、それを伺いたいですね」

と、近藤が、いった。

4

十津川が、自分の考えを話す。

「ここに、佐々木宗雄という、マラソン選手がいて、二回のオリンピックで、続けて優勝し、郷里の金沢の英雄であるばかりではなく、国民栄誉賞を受賞して、日本のヒーローになりました。また、佐々木宗雄は、現役引退後に、始めた事業でも、大きな、成功を収めました。周りの人々が、この国民的ヒーローに変なウワサが立ったり、悪い虫がつくのを心配していた時、石川県選出の、代議士で国務大臣の前田が、自分の娘と、結婚させました。夫婦仲は、きわめて、うまくいっていました。もし、夫婦仲が、壊れたりして、離婚騒動になったら、恰好のマスコミの餌食になり、郷里の英雄、日本の英雄は、大きく傷ついてしまう。ところが、ある日、佐々木宗雄は、歳の若い女、中川真由美と出会って、彼女のとりこになってしまった。彼女の方だって、相手は、日本の英雄で、スポーツマンで、彼その上金持ちだから、悪い気はしない。それで、二人は、いい仲になってしまった。その頃から、彼女は金廻りがよくなり、マンションも部屋を移って改装し、レインボーでブランド物のバッグを買うようになったんです。それが、彼女は、レインボーの支店長とケンカをしてしまった。シャネルのバッグを買ったが、それが、ニセモノだったといった。その時に、彼女は、ついうっかりと、佐々木宗雄の名前を、口にしてしまったと思うんです。私には、あの佐々木宗雄さんが、ついているとタンカを切った。それで、秘密だった二人の仲が、もれてしまった。レインボー社長の山中正堂は、先輩で警察庁の官僚の古賀に支店長を、辞めさせるようにいわれ、話は佐々木の後援者から、前田大臣にも行き、警察庁から、加倉井の出向にまでなったのです。前田は、当時法務大臣だったから、プライベートに警察のお偉方にも、相談すること、動かすことが、出来たと思いますね。加倉井さんは、金沢に出向すると、オリンピック仲間だったことを利用して、佐々木宗雄と仲良くなり、説得した。中川真由美の方は、アメとムチを使い、一方では脅し、一方では、金で買収した筈です。二人の仲がスキャンダルに発展しないうちに、彼女を金沢から七尾に移してしまった。それで、秘密が守られたと思っていたが、二人はお互いに未練があった。例えば、中川真由美は、金沢から七尾に引っ越したものの、調べてみると、そのマンションには、殆ど いなかったという証言があるんです。つまり、二人は、隠れて、会っていたということです。五年前、加倉井さんは、すでに退職していましたが、もう一度、中川真由美を説得することを頼まれ、淡島のホテルに、彼女を誘い出し、一週間にわたって、話したが、上手くいかなかった。そこで、堂ケ島に移して、溺死に見せかけて、殺すことにした。もちろん、彼女を、淡島から堂ケ島のホテルに移すときは、向こうへ行けば、いいことがあるとか、堂ケ島に、佐々木宗雄が来ることになっているとか、嘘をついたと思いますね。最後は、中川真由美のニセ者のことです。一年半前、突然、中川真由美と名乗る女が現れ、東京の北千住で、クラブを始めました。なぜ、今になって、ニセ者が現れたのか。すでに、佐々木宗雄は、二年前に亡くなっていますが、今も、彼は、金沢の生んだ英雄であり、日本スポーツ界のヒーローなのです。だから、彼のスキャンダルは、金になると考えた人間が、中川真由美のニセ者を作り、堂ケ島で死んだのが、ニセ者と、主張し始めたのです。ニセ者も結局、殺されてしまいました。私たち警視庁捜査一課で、犯人を追っていますが、まだ、捜査は、闇の中です。この二つの事件は、考えてみると、十三年前に、加倉井さんが、金沢東警察署に不可解な出向をした時に、始まっているのです。そこで、私は、その時、何があったのか、その真相を知りたくて、想像力を働かせているわけですが、今、近藤さんに、長々と話したことは、私の勝手な想像で、何の証拠もないのです。このあと、近藤さんが、知っていることを、話していただきたいのです」

第五章　二つの事件

1

今度は、近藤昌信が話し始めた。

「佐々木宗雄は、今から、二年前に亡くなったんですが、金沢市内で、いちばん大きな公会堂で、告別式が、行われたんですよ。これが、やたらに、立派で、盛大で、しかも、感動的な告別式でしてね。国民栄誉賞をもらっているほどの人物だったから、総理大臣や各大臣からの、弔電も届いたし、日本や、あるいは、外国の、スポーツ団体からも、大変な数の花輪が、届けられましてね。とにかく、盛大な葬儀でしたよ」

「佐々木宗雄の葬儀のことは、テレビなどのニュースで、大きく伝えられましたから、私も、よく覚えていますよ。たしかに、盛大な葬儀でしたね」

「最初は、一日だけの、告別式の予定だったのですが、次々に、たくさんの、弔問客が押し寄せてきたので、結局、二日にわたる、告別式になりました。その時、残された奥さんの恵子さんは、涙を浮かべながら、主人は、私にとって、最高の夫でしたと挨拶して、参列した人々の涙を誘いました。告別式の後、ある出版社から話があって、佐々木宗雄のことを、書いてみないかといわれたんですよ。しかし、最初は、あまり気が進みませんでしたね」

「どうしてですか？」

「たしかに、佐々木宗雄は、偉大なるスポーツマンですよ。オリンピックで、二大会続けて、優勝したマラソン選手は、それまで、日本人では、一人も、いませんでしたからね。金沢の、英雄というよりも、日本の、英雄です。その上、引退後に始めた事業でも成功し、その利益を、スポーツ振興の基金として、さまざまなスポーツ機関や団体に、寄付しているんです。さらに、奥さんが、夫としても最高の人だったとまでいったんですよ。欠点らしい欠点もなく、あまりにも、完璧すぎるじゃないですか？　こんな完璧な人間には、作家として私はあまり興味を、感じないのです。それで、断ろうと思って、初めは、いい返事をしなかったんです」

「でも、近藤さんは、結局、引き受けて、本を、書かれたわけでしょう？　それは、どうしてですか？」

「たしかに、完璧な人ですが、それでも、佐々木宗雄のどこかに、面白いところが、あるんじゃないか？　何か人間的な欠陥があるんじゃないか？　そう思って、調べるだけは、調べてみようと、思ったんですよ。佐々木宗雄のことを知っているという人間に、何人も会いましたよ。ところが、いくら取材をしても、佐々木宗雄は、偉大な日本人、偉大なスポーツマン、その上、家庭人としても素晴らしく、非の打ちどころがない人だ。実業家としても成功した。そんな話しか、聞こえてこないんですよ」

「それでも、書くことになった。何故です？」

「書いてみようかという気に、なったのは、本当に、小さなエピソードなんですけどね、私の耳に、佐々木宗雄について、こんな話が、聞こえてきたからなんですよ。佐々木宗雄といえば、国民的なヒーローだし、なかなか話がうまかったらしいんですよ。それで、日本全国から、講演に来てくれという依頼が、ひっきりなしに、あったそうなんです。佐々木宗雄は、呼ばれると喜んで、北海道から九州沖縄まで、時間がある限り、講演に出かけているんです。佐々木宗雄を呼んだ、地方のあるスポーツ団体から、こんな話が伝わってきたんです。その団体が、佐々木宗雄に、講演料を、どこに振り込んだらいいでしょうかと、聞いたらしいのです。佐々木宗雄の場合、収入は全て、佐々木企画という個人事務所に振り込んでもらっていたんです。この佐々木企画の社長は、奥さんの恵子さんがなっていましてね。つまり、佐々木宗雄の収入の全てが、奥さんには、分かっているという、そういう、仕組みになっていたんです。ところが、地方のスポーツ団体に対して、佐々木宗雄は、謝礼の半額は、佐々木企画に振り込んで欲しい。ただ、残りの半額は、こちらに振り込んで欲しいと、いって、金沢の銀行ではなくて、京都にある小さな、信用組合の口座を知らせたというのです。こちらで、密かに調べてみると、収入のほとんどは、今いった佐々木企画に入っているんですが、日本全国に講演に回っている、その謝礼金の場合は、半分を佐々木企画に入れ、半分を、京都の小さな信用組合の口座に、振り込ませていたことが、分かったんですよ。もちろん、奥さんには内緒にです」

「佐々木宗雄は、自分が、自由に使えるお金が欲しかった。そこで、講演の謝礼の半分を、本来の口座ではない、奥さんには、内緒の別の口座に、振り込ませた。そういうことですね？」

「私も、そう思いました。佐々木宗雄の奥さんは、本の中にも書きましたが、石川県選出の国会議員、前田国務大臣の一人娘でしてね、国会議員の父親は、日本の政界で、強い影響力を持っていましたから、佐々木宗雄は、奥さんには、頭が上がらなかったようなんですよ。奥さんの恵子さんも、賢夫人として有名でした。つまり、ある意味では、怖い奥さんで、浮気など、とんでもないことだったようですね。とにかく、収入を全部、奥さんが、おさえてしまっているので、あれでは、浮気はできないといったようなことをいう友人も、いたんですよ。ところが、あにはからんや、佐々木宗雄は、日本全国を、講演して歩く、その講演料も、一回百万円だったといわれていますが、その半分を、密かに、京都の小さな信用組合の口座に、振り込ませていたんです。佐々木宗雄は、講演は大好きだし、講演に行くことについては、もちろん、奥さんも、反対は、していませんでしたからね。奥さんには分からない、ヘソクリといえば、ヘソクリが、計算では、一ヵ月に、少なくとも二、三百万円にはなっていたはずなんですよ」

「それは、かなりの金額ですね」

「ええ、そうです。そのプールした金を使って、佐々木宗雄は、奥さん以外の、若い女と、つき合っていたのではないのか？　そう、考えたんです。更に調べていくと、中川真由美という名前が、浮かんできましてね。十津川さんがいわれた中川真由美ですよ」

「しかし、近藤さんの本を、読ませていただきましたが、京都の小さな信用組合に、隠し口座を持っていた話とか、講演の謝礼の半分を奥さんには分からないように、貯めていたというような話は、全然、出てきませんね？」

「ええ、書いていません。書けなかったんです」

「それに、中川真由美という名前も、出てきません。ただ、本の中では、近藤さんは、これは、単なる噂に過ぎないが、佐々木宗雄は、金沢で、若い女性とつき合っていたらしい。彼女は当時、二十二歳か三歳で、佐々木宗雄に、高価なブランド物のバッグなどを買ってもらって、喜んでいたという話もあるという、漠然とした噂として書いていらっしゃいますね。これは、どうしてなのですか？」

と、十津川が、きいた。

「その理由は、二つあります。私に、佐々木宗雄の本を、書かないかと勧めた出版社の社長がですね、佐々木宗雄の大変なファンで、しかも、彼のことを、心から、尊敬していたんですね。社長は、佐々木宗雄を、否応なく、欠点のないスポーツ界の英雄、あるいは、スポーツ界の、巨人のように書いて欲しいと願っていたんですよ。私が、今、十津川さんにお話しした京都の信用組合のことを、エピソードの一つとして、本の中に入れたいといったら、社長が、激怒しましたよ。絶対に、そういうつまらない、根も葉もない話を、書いてもらっては困る。そんなことを、書いたら、ウチでは出さない。ほかで出そうとしても、絶対に邪魔してやる。そんなことを、いわれてしまって、それで、今回の本の中には、入れることが、できませんでした」

「もう一つの理由は？」

「今、お話しした口座の話は、たしかに面白いんですよ。あるスポーツ団体から事実だといわれましたしね。念のために、他のスポーツ団体や企業などに行って、話を聞いてみると、そんなことはなかったと、即座に、否定されてしまいましてね。問題の、京都の信用組合に行っても、佐々木宗雄さんとの取引は、ありません。そんな口座は、ウチには存在しません。ですから、そんなことを書かれては、迷惑ですと一蹴されてしまって、その点からも、書きにくくなって、しまったんです」

「今は、どう思っていらっしゃるのですか？　本当の佐々木宗雄の伝記を書きたいと、近藤さんは、思っていらっしゃるみたいですが」

「十津川さんの話を伺っていて、ますます、佐々木宗雄という男に、関心が湧いてきましたよ。怖い奥さんに隠れて、ヘソクリを貯めたり、金沢で、中川真由美という二十代の若い女性に、惚れてしまったり、そのスキャンダルを防ごうとして、政財界や警察が動いたりしたなんて、すごく、面白いですよ。誰も知らなかった本当の、佐々木宗雄の姿が、見えてくるようで。ぜひ、続編を、書きたくなってきました」

「今度は書けますか？」

「佐々木宗雄が亡くなってから、もう二年も、経ちましたからね。佐々木宗雄の影の部分を、書いても、怒り出すような人はもういないのではないか？　そんなふうに思うのです」

「近藤さんが、調べたことで、まだ、私たちに話していないことが、あるんじゃありませんか？　ぜひそれを話して貰いたいですね」

と、十津川が、いった。

「分かりますか？」

「分かりますよ。まだ、佐々木宗雄について、語り足りないような顔を、されていますからね」

と、十津川が、いうと、近藤昌信は、また話し始めた。

「佐々木宗雄が、亡くなってから二年経ちました。亡くなった直後は、大変な、佐々木宗雄ブームになったんですよ。私が書いた佐々木宗雄の本も、おかげで、よく売れました。今もいったように、影の部分には、目をつぶった、いわば、佐々木宗雄礼賛（らいさん）の本ですけどね。逆にいえば、だからこそ、売れたのかもしれません。正直なところ、書いた私自身にとっては、ひどく、つまらない本でしたけどね。ただ、本が売れたので、私が、佐々木宗雄について、何もかも知っているのではないかと思って、会いに来る人が、増えたんです。中には、自分の知っている、本には、出てこない佐々木宗雄の素顔について、私に話を聞いてもらいたいという、そういう人たちも沢山いました。そういう人たちの話を、全部テープに録って保管してあります。いつか、本当の、佐々木宗雄の伝記を書く時に、入れるつもりでいますが、その中のいくつかの話を、今、十津川さんに聞いてもらいたいと思います」

「ぜひ、聞かせてください」

「これは、佐々木宗雄と、同じ、金沢の高校を卒業して、その後も、友人として、ずっとつき合っていたという男から聞いた話なんですよ。佐々木宗雄が、最初のオリンピックのマラソンで優勝した後、彼は一躍、金沢の英雄になりました。そこで、高校時代の友人が集まって、祝賀パーティを、開くことになったんだそうです。その席上で、彼は、佐々木宗雄に向かって、君という人間が羨ましい。オリンピックのマラソンで優勝して、一躍、日本の英雄になったわけだ。その上、石川県選出の国会議員の一人娘と婚約したそうじゃないか？　彼女は、大変な、美人で、大学時代は、キャンパスの華とも謳われていた。こうなれば、もう前途は洋々だ。何一つ、不自由しない、夢のような生活が、待っているだろう。とにかく、君は、俺たち同窓生の、出世頭だよといったそうです。そうしたら、佐々木宗雄が、逆に、彼に向かって、こう、いい返したんだそうですよ」

「佐々木宗雄は、いったい、どんなことをいったんですか？」

「俺は、お前のほうが羨ましいよ。お前は、金沢で屈指の花柳界といわれるにし茶屋街で、置き屋の息子として、生まれている。子供の時から、芸者と一緒に、育ったそうじゃないか？　俺には、それが、羨ましくて仕方がない。俺は、六軒長屋に生まれて、女と遊ぶような青春は送れなかった。だから、何とかして、偉くなってやろう、有名に、なってやろうと、そう思って、自分に、唯一向いている陸上で頑張ろうと、陸上部に入り、一心不乱に練習して、やっと、オリンピックのマラソンで、優勝した。何百万円かの、報奨金ももらった。これで、楽しい女遊びができる。そう、思っていたら、突然、金沢の、いわゆる、有力者といわれる人たちが、俺を捕まえて、四年後のオリンピックを目指して欲しい、二大会続けてマラソンで優勝したら、日本人の誰もが成し遂げることのできなかった快挙だから、日本中が、歓喜に包まれるだろう、君は、それに挑戦する義務があるし、君なら、それができるよと、いわれた。その上、石川県選出の国会議員の一人娘と、無理やり、婚約させられてしまった。実は、大臣の娘は美人で評判だが、気が強く、気位も高くて、男たちが敬遠していたんだ。だが、俺は、断れなかった。俺のおやじが失職したとき、新しい仕事を世話してくれたのが知事で、知事は大臣の子分だったからだ。その知事にも市長にも説得されたら、断れない。その上、四年後のオリンピックでも、もう一度、優勝をめざせと、ハッパをかけられた。そのためには、自堕落な生活をしては困るから、大臣の娘と結婚させてしまおうというわけだよ。俺が優勝して二年後に知事選があって、その時、俺は、応援を頼まれた。それがどれだけ力があったかわからないが、知事は再選された。そうすると、多選を狙う知事は、次のオリンピックでも優勝しろと、一層、俺を叱咤してきた。オリンピックのマラソンで連続優勝の肩書きは、選挙応援の大きな力になると思ったんだろうな。大臣の派閥の代議士の選挙にも、応援を頼まれたよ。政治家が何かというと、俺に、次のオリンピックへの期待を口にすると、一般の人たちからも、期待の手紙や電話がくるようになって、俺は、否応なしに、使命感に縛られるようになった。辛かったよ。昔、周囲の期待におし潰されて自殺した選手のことを思い出してしまった。俺が、自殺せずにすんでいるのは、偶然としか思えないと、佐々木宗雄が、いったと、その友人は教えてくれたんですよ。佐々木宗雄は、みんなが作り上げたような英雄で、男らしくて、家庭を持てば、素晴らしい夫になる。つまり、公私ともに、完璧な人間になるように、レールを敷かれてしまったわけですが、しかし、ほかの若い男のように、女遊びだってしたいし、クラブや金沢のお茶屋で、優雅に女をはべらせたいが、それが出来ないような生活になってしまったわけです」

「しかし、結局、佐々木宗雄は次のオリンピックのマラソンで、日本人で初めて二連覇を達成して、文字通り、最高の英雄になってしまったんですよ」

「そうですが、優勝したときは、多分、嬉しいというよりも、ほっとしたんじゃありませんかね。周囲の期待というより、圧力に、負けなかったんですから。もし惨敗していたら、自殺していたような気もするんです。その反動もあって、引退後、奥さんにかくれて、女遊びをしたり、ヘソクリを始めたんじゃありませんかね」

「しかし、それも許されなかったんじゃないかな」

「十津川さんは、そう思うんですか？」

「思いますよ。警察庁の加倉井武史や、同じ警察庁のOBの古賀さん、それに、金沢東警察署の署長という人たちのことも、もちろん、調べられたんでしょうね？」

「もちろん、調べましたよ。調べて、いろいろなことが、分かりましたが、やはり、証拠がないのと、あちこちからの圧力などがあって、書けませんでした。ただ、今度、佐々木宗雄の、新しい本を出す時には、その辺のことも、全部書くつもりですよ」

と、近藤が、きっぱりと、いった。

「近藤さんが調べた、加倉井武史や、あるいは、金沢東警察署の署長、警察庁OBの古賀さんについて何が分かったのか、教えてもらえませんか？」

と、十津川が、いった。

2

近藤は、一冊のノートを、奥から持ってきて、十津川の前に、置いた。

「これには、佐々木宗雄について、私が集めた情報が、書き込んであります。結局、使いませんでしたが」

「逆にいえば、佐々木宗雄の本当の姿、あるいは、影の部分が書いてあるんじゃありませんか？」

と、十津川は、期待して、いった。

「佐々木宗雄のことを、調べていくと、彼の周りには、何人もの有力者がいることが分かってきました。彼らは一様に、自分こそ、佐々木宗雄の、いちばんの理解者であると自負していて、佐々木宗雄が、亡くなる前、佐々木宗雄の銅像を、金沢の観光名所である兼六園の中に建てると称して、募金集めを、始めたんですよ。見事に、銅像が建ちましたけどね。どうもそれが、私には、罪滅ぼしのために建てたような、そんな、気がして仕方がない。そういう疑いの目を持って、加倉井武史、金沢東警察署の署長、警察庁ＯＢの古賀さんという人物も調べていったんです」

「それで、どんなことが、分かりましたか？」

「調べていくと、金沢市民のほとんどは、間違いなく、佐々木宗雄のファンで、佐々木の全てが好きという熱狂的なファンも、少なくありませんが、しかし、加倉井武史とか、金沢東警察署の署長とか、古賀といった人たちには、そういう、無心なファンのような姿が、全く浮かんでこないんですよ。しかし、佐々木宗雄を利用している男たちといった気配もないのです。彼らが、佐々木宗雄の名声を利用して、一儲けを企んでいるというわけでも、ありませんでしたから。ただ、この三人は、ビックリするような、おかしな行動を、取っているんですよ」

「おかしな行動ですか？」

「ええ、十津川さんも、いったように、加倉井武史という人は、元々、警察庁の人間なのに、ある日突然、金沢東警察署に、出向してきて、一年間、勤めて、また東京に帰ってしまう。金沢東警察署の署長のほうは、たぶん、警察庁に頼まれたんだと思いますが、加倉井武史を、刑事二課の課長にしているのです。しかし、加倉井武史が、刑事二課の仕事をしていたようには、到底思えません。警察庁OBの、古賀にしても同じです。金沢で、加倉井武史と会っているのは分かっているのですが、古賀は、なぜ、現役の加倉井武史に、しばしば会っていたのか？　会って、いったい、どんなことを話していたのか、何一つ分からないのです。その加倉井武史も古賀も、すでに、死んでしまい、金沢東警察署の署長も引退して、現在七十歳を超えています」

「それで？」

「現役を引退してしばらく経った頃、後援者たちは、どうやら、佐々木宗雄が、困ったことに、若い女を作って浮気を始めたらしいことに気がついたんですね。引退しても、利用価値は高い。それなのにこれでは、せっかく作った英雄像が、脆（もろ）くも、崩れ去ってしまう恐れがある。そこで、政界や経済界や、あるいは、警察が共謀して、佐々木宗雄から、女を遠ざけてしまおうと考え、加倉井武史たち三人は金沢に集まっていたのではないかと、思うんですよ。その後、佐々木宗雄とつき合っていた、中川真由美は、金沢から姿を消し、それと時を同じくして、加倉井武史も、警察庁に帰ってしまいました。この三人は、ある意味、英雄としての佐々木宗雄の名声を、守ったといえますが、佐々木宗雄といい仲になった二十代の中川真由美を、金沢から追い出してしまった。多分、脅しと、金を使ってでしょうね」

「その金が、どこから出たと、近藤さんは、思われますか？」

「常識的に考えれば、元大臣で、今も議員の、佐々木宗雄の奥さんの父親が出したと思いますがね」

「いろいろと話を、聞かせていただいて、ありがたいのですが、われわれが、最も必要としている情報は、この三人が、中川真由美を殺したのか、それとも、殺していないのかということなんですが、近藤さんは、何かつかんでおられませんか？」

「中川真由美は、たしか、伊豆半島の西海岸、堂ケ島の沖合で、溺死したということは、知っていますが、違うんですか？」

「その通りです。西伊豆の堂ケ島で、中川真由美は、溺死体となって発見されています」

「十津川さんは、中川真由美が溺死したとは、信じていないんですね？」

「あまりにも、タイミングが良すぎますからね。それで、これからもう一度、堂ケ島に行って、調べてみようと思っているんです。中川真由美の死について、次第に疑問が大きくなっていますからね。行く前に、近藤さんが、何かヒントになるようなことを知っておられたら、教えて下さると助かるんですが」

「中川真由美が殺されたんだとしても、そんなダーティな仕事を、三人が引き受ける筈はありませんよ。三人とも、警察官僚の中でもキャリア組ですから」

「近藤さんは、そう思いますか」

「佐々木宗雄の義父の前田元法務大臣ですが、昔は、土建屋だったんです。土建屋で金を儲けて、政界に進出するケースは、地方では、多かったんです。一時、土建屋政治といわれましたからね」

「わかります」

「土建屋というのは、ヤクザと関係がありがちです」

「そのヤクザの名前は、わかりますか？」

「金沢のK組です」

「今でも関係があるんですか？」

「あると思いますね。ああいう腐れ縁はなかなか切れませんよ。ああ、K組は、今は、K興業で、社長の名前は、加東です」

近藤が、教えてくれた。

十津川は、近藤に礼をいって別れると、亀井と二人、金沢から、伊豆半島の堂ケ島に向かった。

3

十津川たちは、堂ケ島に着くとすぐに、前と同じように、派出所の巡査に会った。あの時、中川真由美のことを尋ねた巡査である。

「前に会った時、ここの沖合で死んだ中川真由美という女性のことを、聞いたね？　覚えているかな？」

十津川が、いうと、巡査は、

「ええ、よく、覚えております。お役に立ちましたでしょうか？」

「もちろん、役に立ったが、正直にいうとね、前よりも、謎が、大きくなってきてしまったんだ。中川真由美が、この堂ケ島に来る前に、淡島のホテルに、滞在していたことが分かってね。彼女が、淡島からここに来て、ホテルMに、泊まったのは、八月五日だったと思うのだが、間違いないかね？」

「間違いありません。当時も私は、この派出所に勤務していましたから、ホテルMに行って確認しました。八月五日にチェックインし、その後、八月七日に、いなくなってしまい、ホテルの人たちが、あちこち探しましたが、見つからなかった。三日後の八月十日になって、堂ケ島の沖合で、漁船が、海に浮いて死んでいる中川真由美を、発見したのです。溺死でした。医者の話では、少なくとも三日間は、海に沈んでいただろうということでした」

「前に聞いた時は、たしか、船で、釣りに出かけて、溺れたのではないかということだったね？」

「その通りです。亡くなった中川真由美は、ホテルの人に、釣りに行きたいといったそうですから」

「船で、沖に出たとすると、どんな船を使ったのか、分かるかね？」

「当時、私なりに、考えました。いちばん可能性が、強いのは、この近くの漁船を、チャーターして、沖に出たが、あやまって海に落ちてしまったということです。他には、知り合いが、自分のボートに彼女を乗せて、沖に出たのだが、何かの拍子で、彼女が、海に落ちてしまったのではないかという見方もありました。当然、ボートのオーナーは、必死になって探しましたが、見つからず、警察沙汰になるのが怖くて、警察にも届けずに、逃げてしまったということが考えられます。漁船をチャーターした場合でも、お客が海に落ちたのを知らずに、行方不明になってしまったとなれば、これも問題になりますから、漁船の関係者も、逃げてしまったのではないかと、そんなふうに、考えたのですが」

「この周辺の漁港は、調べたんだろうね？」

「全部、調べました。しかし、中川真由美を乗せたという漁船は、見つかりませんでした。しかし、だからといって、彼女を乗せた漁船がなかったとはいえません。彼女が海に落ちたのに気付かず、死なせてしまったとなれば、当然、責任を問われますので、否定していることは、十分に、考えられますから」

「中川真由美の溺死体が発見された後、静岡県警では、司法解剖して、死因を、調べたんじゃないのかね？」

「静岡県警が、司法解剖したのは、知っています」

「その結果は？」

「医者の話では、少なくとも三日間は、海に、浸かっていたのではないかと思われる。肺の中に海水が溜まっているので、溺死に、間違いないといっていたそうです。この二点は、県警本部の人から、聞いております」

と、巡査は、いった。

「遺体の引き取りには、浜松から両親がやって来たんだね？」

「そうです。ご両親がいらっしゃいました」

「君は、その時、両親に会っているのか？」

「ええ、お会いしました。お話は、ほとんどしませんでしたが、娘が、泊まっていたホテルに行ってみたいと、いわれたので、お二人をホテルMに、ご案内したのは、よく覚えています」

「その時の両親の様子は、どんなだった？」

亀井が、きいた。

巡査は、少しの間、考えていたが、

「これは、私の勝手な、感想なんですが、構いませんか？」

「もちろん、構わない。君の思ったこと、感じたことを、そのままに話してくれればいい」

と、十津川が、いった。

「もちろん、実の娘さんが、溺死体で発見されたのですから、ご両親は、お二人とも悲しんでおられましたけど、僅かですが、何か、ほっとしたような表情を、私は感じたのです」

「ほっとした表情か」

「そうなんです。ご両親とも、悲しそうで、特に、母親のほうは、泣いていましたが、同時に、ご両親が、どこかでほっとしているのではないかと、そんな感じを受けて、仕方がなかったのです。不思議な感覚でしたから、今でもよく覚えています」

「どうして、そんなふうに、感じたのかな？」

「感覚的なことなので、自分でもよく、分かりません」

「今の君の話が、本当だとすると、娘が死んだのに、両親は、ほっとしていた。娘の中川真由美は、両親に、それまでに相当、面倒を、かけていたんじゃないのか？　心配させていたんじゃないのか？　そんなふうに、考えてしまうんだがね」

「そうかも、しれません。当時、中川真由美は、たしか三十二歳でした。普通なら、すでに結婚していて、子供が生まれていても、おかしくない年齢なわけで、多分、両親は、娘の真由美に、早く結婚して、孫を作って欲しい。そんな期待を持っていたんじゃないでしょうか？」

「娘を持っている両親なら、たしかに、そう考えるだろうね」

と、十津川は、いったあと、

「溺死した中川真由美だが、ひょっとして、殺されたのではないかと考えた刑事は、いなかったのかね？　海水を飲んでいるから、医者は溺死だと思ったんだろう。しかし、海水を使って、力で、溺れさせることは、決して不可能じゃないから、殺人の可能性だって出てくるんだ」

「そういう疑問を持った刑事がぜんぜんいなかったとは思えませんが、私は、派出所勤務の巡査で、殺人事件の捜査には、関係できませんから、静岡県警のほうで、どう考えていたのかまでは、分かりません」

十津川と亀井は、それだけ、聞くと、次に、静岡県警に行くことにした。

4

十津川たちは、静岡市にある県警本部を訪ねた。

県警本部長に会い、五年前の堂ケ島沖の溺死事故について、きくと、本部長は、

「あの事故のことは、覚えているが、私よりも、実際に、捜査を担当した捜査一課のほうが詳しいから、課長を呼ぶよ。彼から話を聞いてくれ」

と、いった。

当時の捜査一課長、今でも、捜査一課長だが、その増田という課長を、本部長が呼んでくれた。

増田は、十津川の質問に対して、

「もちろん、簡単に、溺死事故と決めつけたわけではありません。むしろ、なぜ、女性が一人で、沖合に、釣りに出かけて、溺死してしまったのか、不自然ではないかという、声のほうが、強かったので、可能な限り、いろいろと調べましたよ」

と、いう。

「それで、どうなったんですか？」

「浜松から来た両親にも話を聞きました。何か心当たりがないかどうかを聞いたんですよ」

「両親は、何と答えたのですか？」

「娘は、高校を卒業すると同時に、家を出て、今日までほとんど、浜松にも帰ってこないし、連絡も、つかなかったといっていました。これは、事実のようでしたね。そのせいか、娘の遺体を引き取りに来たというのに、あの両親は、娘の死を悲しんではいたのでしょうが、どこか肩の荷をおろしたような雰囲気でした」

増田課長も、堂ケ島の派出所の巡査と同じことを、いった。

「今、伺うと、殺人の可能性もあるので、司法解剖に回し、両親にも、いろいろと、話を聞いたんですね？　しかし、それで、殺人の可能性が強いと、判断したわけじゃないんですね？」

「そうです。たしかに、中川真由美という女性の性格は、どこか、危なっかしい感じだったので、殺人の可能性もあるなと思い、捜査をすることはしましたが、最終的には、溺死事故として、処理することになってしまいました」

「危なっかしい性格というのは、なぜ、そう、思ったのですか？」

「堂ケ島に来る前には、淡島のホテルに、いたことが分かりましてね。ホテルに、問い合わせたら、背の高い中年の男と一緒にいたと、聞かされたんですよ。それに、三十二歳で、結婚はしていないし、中年の男と一緒に、淡島のホテルで、過ごしていたとなれば、ちょっと派手な生活が好きな女なのかなと、考えたんですがね」

「捜査を中止したとき、反対の意見はなかったんですか？」

十津川がきくと、増田は、苦笑した。

「一人だけ、頑強に、これは殺人だと主張する刑事が、いましたね。ああ、いつも、反対する男ですが」

「その人に会わせて貰えませんか」

と、十津川は、いった。

「じゃあ、呼びますが、気難しい男ですよ」

増田は、すぐ、その刑事を呼んでくれた。五十歳の平刑事で、確かに、眼に険があった。

「五年前の溺死事故について、あなたの意見を聞きたいんだ」

と、十津川が、いうと、丹野という刑事は、仏頂面で、

「私の意見を聞いても仕方がないでしょう。もう事故死と断定したんだから」

と、いう。しかし、十津川が、

「われわれ警視庁捜査一課は、まだ、殺人の可能性ありと、考えているんだ」

というと、「え？」という眼になった。

「どうしてですか？」

「殺人じゃないと、おかしいと思ったからだよ。あなたも、そう思っているんだろう？」

「まあ、そうですがね」

「だから、あなたの意見を聞きたい。どうして殺人だと思ったんだ？」

「死んだ女だけど、ひとりで、泳いで沖へ出たとは、思えない。ボートで沖へ出たとしか考えられないんだが、八月七日に、女を乗せて、海へ出た漁船はないんだ。私の家は、元漁師だったから、漁師たちが嘘をついているとは、思えなかった。そうなると、他所から来た人間が、船に女を乗せて、沖へ出たとしか考えられない。それで、必死に、他所者と、船を探した。が、見つからない」

「それから？」

「それでも聞き込みを続けていると、バーの息子のケイスケから、妙な話を聞いたんですよ」

「ケイスケ？」

「堂ケ島に、小さなバーがあるんですが、そこの息子で、チンピラですよ」

「続けて」

「いつも意気がって、突っかかってくるのに、急に大人しくなっているというんで、会ってみたんですよ。そうしたら、やたらに、おびえているんですよ。どうしたんだと聞くと、ケイスケの奴、こんなことを喋ったんです。八月七日の夜、母親のやっているバーで飲んで、酔いざましに、海岸を歩いていたら、三人の人影があって、何かいい合っている。からかってやろうと思って、声をかけたとたん、二人の男が近づいてきて、黙ったままいきなり殴られたというんです。あとは、一方的に殴られ、蹴っ飛ばされている中で気を失ってしまった。眼のふちは腫れているし、歯も二、三本欠け、本当におびえていて、ありゃ、素人じゃないといっていましたね」

「その場所には、行ってみたのかね」

「もちろん、行ってみましたよ」

「何か、見つかったのか？」

「何も。ただ、浜辺の海水に、わずかに、油が浮かんでいましたね」

「油がね」

「海水に、浮かんでいたということで、多分、船外機用の燃料が、こぼれたんでしょうね」

「それをあなたは、どう解釈したんだ？」

「ケンカした男が、二人いて、もう一人と三人で海岸にあったボートで、沖へ出て行った。それが八月七日の夜、十時頃」

「面白いね」

「私はその話を捜査会議に持ち出して、殺人の可能性があると主張したんですが、無視されました」

「どうしてだ？」

「ケイスケというチンピラの言葉が信用できなかったんでしょうね。とにかく、嘘つきだから」

「しかし、あなたは、そのチンピラの言葉を信用したんだろう？」

「あのおびえ方は本物でしたからね」

「ヤクザ二人が、中川真由美をつかまえて、五年前の八月七日の夜、ボートで、堂ケ島の沖まで運び、海に沈めて、溺死事故に見せかけて殺した。興味あるストーリーだよ」

「女一人殺すのに、屈強（くっきょう）なヤクザが二人というのは、おかしいという声もあるんですが」

「いや。この事件に関しては、おかしくないんだよ」

と、十津川がいうと丹野は、

「中川真由美というのは、いったい、何者ですか？」

と、きく。

「そうだ。あなたは、これから東京へ来られないか？　上司が許可してくれれば、東京へ行く途中に、くわしく、中川真由美について、説明するよ」

十津川がいうと、丹野は、笑って、

「うちの上司は、多分、喜んで許可しますよ。私は厄介者（やっかいもの）ですから」

と、いった。

丹野のいう通り、上司の課長も、本部長も、あっさりと、彼の東京行きを許可した。

静岡から、東京へ行く「こだま」の中で、十津川は、丹野に、中川真由美という女について、話した。

「警視庁で、中川真由美の経歴を、調べたんだが、それが、なかなか面白いんだ」

「どんな経歴ですか？」

と、丹野がきく。

「中川真由美は、浜松に生まれた。地元の高校を卒業した後、女友だちと一緒に、金沢に行き、そこで働くようになった。最初は、ファーストフードチェーンの社員寮に住み、その後、スーパーやコンビニで働いたり、あるいは、喫茶店の、ウェイトレスをやったりしていたんだが、二十三歳になった時、急に、生活が派手になってね。その直後に、金沢から、石川県七尾市の和倉町に、引っ越した。続いて、今度は、山梨県の石和に移り、最後に、足立区千住に移り、西新宿で、殺されたんだが、これは、中川真由美本人ではなく、彼女のニセ者だ。こうして見ると、よく、引っ越しているんだが、その引っ越し先に、本当に住んでいたのかどうか、はっきりしないんだ」

「どうしてですか？」

「確かに、住所は、変えているんだが、その住所に住んで、生活していたような様子が、全くなかったりするんだよ」

「つまり、住民票だけ、転々と、移していたということですか？」

「そう考えざるを得ないんだ。しかし何のために、そんなことをしていたのか、まだ分からない。二十三歳の時、中川真由美は、佐々木宗雄と、出会っている」

「佐々木宗雄？　ああ、オリンピックのマラソンで二連覇して、国民栄誉賞を受けて、一躍、国民のヒーローになった、あのスポーツマンの、佐々木宗雄のことですか？」

「ああ、そうだ。その佐々木宗雄が、金沢市内で、当時二十三歳の中川真由美と出会って、いわゆる男女の仲になったと、思われる」

「しかし、佐々木宗雄は、独身じゃなかったんでしょう？　その頃、すでに結婚していたように覚えていますが」

「佐々木宗雄の後援者をもって任じている、前田国務大臣が、自分の一人娘の恵子と、佐々木を、強引に結婚させたんだ」

「なるほど。絵に描いたような、政略結婚ですね。日本の英雄が、大臣の娘と、結婚したというわけですか？」

「それなのに、佐々木宗雄は、二十三歳の、中川真由美に惚れてしまった」

「前田国務大臣をはじめ、佐々木宗雄の周りの人間は、みんな困ったことになったと思ったんじゃありませんか」

「そうなんだ。特に、一人娘の恵子を、佐々木と結婚させた前田国務大臣は激怒した」

「それで、その三角関係は、どうなったんですか？」

「関係者は、何とかして、誰にも知られないうちに、佐々木宗雄と、中川真由美を別れさせてしまおうと考え、政財界を中心に、警察まで巻き込んで、計画が練られ、それが実行された。おそらく、中川真由美は、脅かされ、一方、手切れ金の形で、大金を与えられて、佐々木宗雄の前から、姿を消したと、われわれは、想像している」

「それで、その三角関係は、すっぱりと、解決したわけですか？」

「一応、形の上では、解決したことになった。というよりも、関係者が、寄ってたかって、佐々木宗雄と中川真由美を別れさせ、このスキャンダルを消してしまったんだ」

「それで、二人の間は、きれいに、すっぱりと切れたんですか？」

「いや、どうも、上手くはいかなくて、特に佐々木宗雄がスポーツ界を引退してから、またくっついたらしい」

「別れていた二人が、また、くっついたりすれば、そのスキャンダルは、もう隠しきれなくなりますよ」

「そうなんだ。日本の英雄は引退しても、まだ利用価値があるからね。金沢の生んだ英雄を、守ろうとする計画が、また再び持ち上がって、それが、実行されたんだ」

「それが五年前の堂ケ島の事件ですね」

「そうなんだ」

「大分わかってきました。堂ケ島の沖で、中川真由美が死んだ。それでやっと、万事うまく収まったのですか？」

「そうだ。その後、佐々木宗雄は、後援者や、そのほかの取り巻き連中が望んだように、日本の英雄のまま、亡くなった。死ぬまで、奥さんにも、友人にも、そして、日本中のファンにも、佐々木宗雄は、中川真由美の名前を、一度もいわなかった」

「つまり、日本の英雄は、人々に、賞賛されながら、スキャンダルとは無縁なヒーローのまま、死んでいったということですね？」

「その通りだよ。何とか、佐々木宗雄の英雄としての名声は、そのまま、語り継がれていくことになったんだ」

「泣きたくなるような美談ですね」

と、丹野は、笑ってから、

「しかし、警視庁捜査一課は、この結果に不満だから、静岡県警の捜査にまで、首を突っ込んでくるんでしょう」

と、十津川を見た。

十津川は、ひとりでに、苦笑していた。

「先日、東京の西新宿で、クラブのママが、殺された。だから、最初はこの殺人事件の捜査だったんだよ。堂ケ島の事件のことなど知らなかった。ところが、殺されたママの名前が中川真由美、三十六歳。静岡県の浜松の生まれとなって、おかしくなった。同じ中川真由美が、五年前にすでに堂ケ島で死んでいることがわかったからだよ」

「同姓同名の他人ですか？」

「そう、思ったが、違っていた。中川真由美のニセ者だったんだよ」

「しかし、五年前に、本物が死んでいるんですから、ニセ者になっても、何にもならないんじゃありませんか？」

「普通に考えれば、その通りなんだが、そのママは、中川真由美と名乗ることが、金になると思っていたらしい。結局、同じ理由で彼女は殺されたんだと思っている」

「面白いですね」

「その面白い事件を解決するために、あなたにも、協力して貰うよ」

と、十津川は、丹野に、いった。

第六章　目撃者

1

十津川は、丹野刑事を、東京の捜査本部に連れて行き、まず、捜査本部長の三上刑事部長に、紹介した。

「こちらは、静岡県警捜査一課の、丹野刑事です。こちらで、捜査中の殺人事件について、強力な助っ人になると、思われるので、お願いをして、来てもらいました」

三上本部長は、ジロリと、五十歳の平刑事、丹野を、見つめて、

「しかし、丹野君は、静岡県警の刑事なんだろう？　こちらで、起きた殺人事件について、どんな手助けが、できるのかね？」

「今回、東京で起きた、殺人事件ですが、五年前に、堂ケ島の沖合で起きた事件と、密接

に関係していると、思われるのです。五年前、堂ケ島沖で、溺れて死んだ女性は、中川真由美という名前でした。東京で殺された中川真由美は、ニセ者です。更にいえば、五年前の堂ケ島の事件ですが、警察もマスコミも全て、単なる事故死だと見ていて、ほとんど捜査をしませんでした。その中で、この丹野刑事だけが、殺人事件であると主張し、一人で地道に、捜査を、続けていたのです。なぜそう思ったのか、丹野刑事自身に、話してもらおうと思います」

十津川がいい、丹野は、ややぶっきらぼうな調子で、五年前の事件について、話し始めた。

「五年前の八月、西伊豆の堂ケ島沖で、女性の溺死体が発見されました。名前は中川真由美といい、浜松の生まれでした。事故死として、処理されました。しかし、私は、事故死のはずはない、間違いなく、殺人だと思い、捜査を主張したのですが、受け入れられませんでした。彼女は、通りかかった漁船に、溺死体で発見されました。しかも、三日間も、海に浸かっていたというのです。その間、どうして、見つからなかったのでしょうか？中川真由美は、釣り好きだったので、夜釣りに出かけ、その時、ボートが転覆して、亡くなった。警察もマスコミも、そんなふうに考えました。しかし、夜釣りに出かけたといいながら、肝心の船が、見つからないのです。近くの漁港を、片っ端から調べましたが、中川真由美を、乗せたという漁船は、見つかりませんでしたし、漁船以外の船も、全部当たりましたが、同じでした。県警は、すぐ捜査を止めてしまったのですが、私は、一人でしつこく、堂ケ島周辺の聞き込みを、続けました。地元に、バーのママの息子で、ケイスケという、チンピラがいるのですが、そのケイスケが、八月七日の夜十時頃、堂ケ島の海岸を歩いていたら、三人の人影を、見たというのです。どうも、一人は、女性らしかった。そばに船もあった。それで、からかってやろうと思って、声をかけた途端に、二人の男に、いきなり、殴り倒されてしまったというんですよ。私が、その辺りの海岸を調べたところ、ボート用の油が、浮いているのが、見つかりました。そこで、私は、こんなふうに考えたのです。八月七日の夜十時頃、二人の男が、中川真由美を連れて、ボートで、沖に出ようとしていた。そこに、通りかかったチンピラのケイスケが、声をかけてきたので、二人で殴りつけ、ボートで沖に出た。その日、八月七日の夜に、沖に出た後、中川真由美を、海に突き落とし、海水を飲ませて、溺死させ、その後、ボートで逃げてしまった。その三日後、漁船が浮いている、溺死体の中川真由美を発見した。しかし、残念ながら、二人の男が八月七日の夜、中川真由美をボートに乗せて、沖に連れていったという、証拠が見つからないのです。チンピラのケイスケの証言はありますが、彼は、日頃から、あまり、信用されていませんでしたからね。それで結局、堂ケ島の五年前の事件は、一人で夜釣りに出かけた彼女が、ボートから落ちて溺死した。名前は中川真由美。本籍浜松。それで、全てが終わってしまったのです。ところが、警視庁の十津川警部が来られて、私のことを聞き、ぜひ、東京の殺人事件の捜査に協力してほしい。そういわれたので、今日、ここに来たというわけです」

と、丹野が、いった。

「丹野刑事に、聞きたいのだが」

と、三上が、いった。

「君が、今いった、ケイスケというチンピラだが、まだ堂ケ島にいるのかね？」

「探せば、いると、思います」

「そのケイスケが、夜見かけたというボートと、男二人と女一人の三人だが、その女というのが、沖で溺死した中川真由美だとすると、問題の男二人が、どこの誰で、現在どうなっているのか、分かっているのかね？」

「残念ながら、何も分かっていません。県警が、事故死として片付けてしまったからです。今後、殺人事件として、捜査を再開すれば、何とか、見つかるかもしれませんが」

と、丹野が、いった。

「チンピラのケイスケを、殴ったという二人の男ですが」

亀井が、丹野に、話しかけた。

「二人の男に、殴られたと証言をしているそうですが、自分のことを、殴った男二人について、何か、特徴をつかんでは、いないのですか？　どんな顔をしているとか、身長がどのくらいだとか、ですが」

「何しろ、夜の十時頃で、周囲が暗かったので、顔も分からなかったと、いっていました」

「そうでしたね。夜だったんでしたね」

と、亀井が、苦笑すると、丹野は、

「ただ、ケイスケは、こんなことも、いっていました。俺を殴った、二人の男のうちの片方は、左腕がなかったと」

「それは、本当ですか？　夜なのに、よく分かりましたね」

「ケイスケにいわせると、いきなり殴られて、フラフラになって、倒れそうになったので、相手に、抱きついたんだそうです。そうしたら、左腕の感触が、少し、おかしかった。硬い木のような感じで、あれは、どう考えても、義手だというんですよ」

「なるほど。かなり、はっきりした特徴ですね」

「それで、左腕が、義手の男を探してみたんですがね、結局、地元では、見つかりませんでした」

「ほかにも、何か、調べたことがありますか？」

「死んだ中川真由美が堂ケ島に来る前、三津浜沖合の、淡島にいたというので、そこにも行って、聞き込みをやりましたが、そこでも、片腕の男は、見つかりませんでした。それからもう一つ、彼女が何年か、金沢にいたことがあるというので、一人で金沢に行って、いろいろと、調べてみましたけど、やはり何も、見つかりませんでしたね。それで終わりです。それ以上、聞き込みをやりたくても、県警本部長に、止められてしまいました。これは、殺人事件じゃないんだから、この辺でやめておけと、いわれましてね」

丹野が、苦笑した。

「問題は、今回の、東京で起きた殺人事件と、五年前の、堂ケ島の事件とが、どう、関係してくるのかということだと、思いますね」

十津川が、三上本部長に、いった。

「それは、二つの事件が、同一犯人ということか？」

「私は、その可能性が、あると思うのです。五年前に、二人の男が三十歳だったとしても、現在、三十五歳ですからね。それに、私が、面白いと思ったのは、五年前の殺人事件の容疑者の一人が、左腕が、なかったということなんです」

「どんなふうに、面白いのかね？」

三上が、きく。

「この二人の男ですが、おそらく、誰かから依頼されて、中川真由美を殺しに堂ケ島にやって来たんだと、思うんですよ。ボートも、わざわざ、遠くから持ってきたんだと思います。私が、面白いと思ったのは、殺しを依頼したりする時、片腕のない男は、雇わないでしょう。あまりにも、大きな特徴で、すぐ分かってしまいますからね。それなのに、誰かが彼を雇った。この男が素人ではなくて、たぶん、殺しのプロなのではないか？　依頼されたことは、きちんとやって、痕跡は残さない。そういう男だとすると、五年後の今も、プロの殺し屋を、やっているかもしれません」

「それで、五年後の今回も、誰かに頼まれて、ニセ者の中川真由美を、殺しに東京にやって来て、ホテルのトイレで殺した。そういうことを、君は、考えているわけか？」

「そうです。犯人が同一なら、二つの殺人事件は繋がってくると思ったのです」

「なるほどね」

「二つの殺人事件の依頼主も、同一人物のような気がして仕方がないのです」

「それは、殺された女の名前が、同じ中川真由美だという理由からかね？」

「少しは、それも、あります」

と、十津川が、いった。

「五年前の堂ケ島の事件ですが、明らかに、中川真由美という女性が、邪魔になって、このままでは、世界的な英雄である、佐々木宗雄の名声に傷がついてしまう。そうあってほしくないと思っている人間、あるいは、グループが、堂ケ島で彼女を殺すことにして、二人の殺し屋を雇ったのだと思っています。しかし、ただ殺したのでは、警察が、介入してきて、スキャンダルになってしまう恐れがある。そこで、夜釣りに出かけての、溺死ということにしたと、私は、思っているのですが」

「東京の殺人事件の動機は、どう見ているんだ？」

「その前に、今になって、なぜ、ニセ者の、中川真由美が、現れたのかを、考えてみたのです。殺された、クラブのママは、明らかに意識して、中川真由美という名前を、使っているのです。その名前を使うことで、利益になる、金になると、思っていたに違いありません」

「しかし、本物の中川真由美は、五年前に死んでしまっている。日本の英雄、世界の英雄の佐々木宗雄も、すでに死んでしまっている。それでも、ニセ者の、中川真由美は、その名前を使うことで、儲かると、思っていたのだろうか？」

「佐々木宗雄は、亡くなっていても、その名前は、すでにブランドになっています。つまり利用価値があるんです。佐々木宗雄の名前がついた競技場が、日本全国に、三ヵ所もありますし、佐々木宗雄記念マラソン大会というのが、毎年、行われています。それくらい、今も、佐々木宗雄の名前は、メジャーなんですよ。それを、傷つけると脅かせば、佐々木宗雄の名前で儲けている人間やグループは金を払うんじゃありませんか？　そんなふうに、ニセ者の、中川真由美と、彼女の背後にいる人間は、考えたのではないでしょうか？　そのことに危機感を覚えた人間かグループが動き出した。彼らは五年前のことを思い出し、中川真由美を殺して貰った、あの二人なら、安心して、仕事を任せられる。そう思ったんじゃないでしょうか？　何しろ、五年前には、上手く溺死として処理することに成功していますから。もう一つ、その後の五年間、この二人が、全く、沈黙を守ってきたということではないでしょうか？　普通なら、何とかいって、強請(ゆす)ったりするものですが、五年間、何もなかったとすれば、同じ二人に頼んだとしてもおかしくありません」

「これからの、捜査は、その線でいこう」

三上が、決断した。

2

今、見つけ出すべきことは、二つあった。

一つは、五年前、堂ケ島で、中川真由美を殺した二人の男、一人は、左腕がなく、義手をつけているのだが、この二人を、見つけ出すことである。

もう一つは、この二人を雇ったと、思われる人間を、見つけ出すことだった。

二人の殺し屋についていうと、五年前、ある組織に所属していたとすれば、五年の間に組織の幹部に、なっているかもしれない。

十津川は、組織犯罪対策部にも協力を要請した。

それでも、二人の男は、なかなか見つからない。

他の刑事たちは、二つの殺人事件の、依頼主を探していた。依頼主は個人であれ、グループであれ、佐々木宗雄の周辺にいるはずである。佐々木宗雄の名前を利用している人間かグループだからである。

佐々木宗雄の名前で、利益を上げている人間は、かなりの数である。

その中から、殺しを依頼した個人あるいは、グループを見つけ出すことは、そう簡単ではなかった。

五年前も今も、自分の手を汚さずに、殺人を、依頼しているとすれば、アリバイを調べても、犯人には、たどり着けないのだ。

そんな時、丹野が、十津川に、一つの提案をした。

「これから、西伊豆の堂ケ島に戻って、ケイスケというチンピラを探してみようと、思っているのです」

「見つけ出せるかね？」

「ケイスケという男は、チンピラを、気取っていますが、昔も今も、気の小さい生活力のない男です。今も堂ケ島で、母親が、バーをやっていて、その母親に、食べさせてもらっていると、思うのです。自立できるような人間じゃ、ありませんから、母親の周辺を調べれば、見つかると思っています。見つけたら、ここに連れてきますよ」

と、丹野が、いった。

「必要なら、誰か、君を、手助けする人間をつけようか？」

十津川が、いうと、丹野は、

「ありがとうございます。が、大丈夫です。何しろ、堂ケ島の人間は、必要以上に、よそ者を、警戒するんですよ。特に、刑事だと分かると、余計に警戒します。私だけで、探してきます。そのほうが、ケイスケも安心して、出てくるでしょうから」

丹野は、その日のうちに、堂ケ島に戻っていった。

丹野を見送った後で、亀井が、

「どうして、丹野刑事は、チンピラのケイスケという男を、連れてこようとしているんですかね？」

「はっきりとは、分からないが、何か企んでいるんだ」

十津川は、そういって、笑った。

二日後に、丹野は、ケイスケというチンピラを連れて、戻ってきた。

ケイスケは、なかなかの美男子なのだが、何となく、軽い感じのする男である。

丹野が、十津川に、いった。

「本部長にお願いをして、明日、記者会見をしてもらえませんか？」

「何を話すんだ？」

「記者会見の席で、五年前の、堂ケ島の殺人事件で、犯人らしい二人の男を目撃したということで、ケイスケを、紹介してほしいのです。今も、自分を殴った、男二人を、鮮明に覚えている。今でも、会えば、すぐに分かると、この証人はいっている。記者会見を開いて、それを強調して欲しいのです」

「そうやって、五年前の犯人を脅かすわけか？」

「そうです。十津川さんが、想像されたように、五年後に、ニセ者の、中川真由美を殺した犯人も、同一人だとすれば、ケイスケというチンピラは、大変な証人になるわけですよ」

「分かった。本部長に話してみよう」

十津川が約束した。

最初、三上本部長は、丹野の提案に、あまり乗り気ではなかった。

「記者会見をするのは、構わないが、ケイスケという男は、証人としての価値が本当にあるのかね？」

「五年前の、二人の犯人の一人が、左腕がないことを、証言しています」

「それだけか？」

「そうです。二人の犯人に、会ったのは、夜の十時頃だそうで、周囲が暗かったといいます。ただ、ケイスケは、ほかにも、犯人を、特定できる証拠のようなものを、持っているようです」

「しかし、それを、警察には話そうとしないのだろう？」

「そうですね。私が見たところ、ケイスケという男の狙いは、報奨金に、あるような気がします。今回の、殺人事件については、犯人逮捕に結びつく証拠を、提供してくれた人には、二百万円の報奨金が、出ることになっています。ケイスケは、明らかに、その報奨金を狙っています」

「この、ケイスケという男は、しばらく、捜査本部に、置いておくのか？」

「いえ、四谷（よつや）のホテルNに、部屋を取りましたので、そちらに、しばらく、いてもらうことにしました。もし、記者から質問があったら、証人のために、都内のホテルを用意した。そう答えてください」

と、十津川が、いった。

「記者から、証人の言葉が、信用できるのかどうかと聞かれたら、どう、答えたらいいんだ？」

「そうですね、その時は、今のところ、半々だと、答えてください」

「どうして、君は、そういう、中途半端ないい方を、するのかね？」

三上が文句をいい、

「話を聞かせたいのは、記者たちではなくて、今回の事件の、犯人なんですから」

十津川は、笑った。

3

翌日、記者会見が行われた。

東京で起きた殺人事件、それと、五年前、堂ケ島で起きた溺死事件、この二つの事件についての、新しい見解を発表すると、予告していたので、会見場には、多くの新聞や雑誌、テレビの記者が、集まった。

三上本部長が、今日の記者会見の趣旨(しゅし)を、説明した。

「今年の四月七日、都内のホテルで、中川真由美という、三十六歳の女性が、死体となって発見されました。われわれは、この殺人事件を追っているのですが、調べていくと、中川真由美という女性は、五年前の八月、西伊豆の堂ケ島沖で、すでに溺死していることが、分かったのです。最初は、同名異人だと思われましたが、調べてみると、同名異人ではなく、東京で殺された中川真由美が、ニセ者であることが、分かりました。そのうえ、ここに来て、五年前、堂ケ島沖で溺死した、中川真由美が、事故死ではなくて、殺された可能性が強くなってきたのです。そこで、静岡県警から、丹野刑事を呼び、どうして、溺死事件が、殺人事件である可能性があるのかの、説明をして貰いました。丹野刑事の話によると、五年前の八月七日の夜、死亡した中川真由美を、二人の男が、ボートに乗せ、沖に向かって、消えていった。それを見ていた証人が、でてきたというのです。そうなると、釣りに行って、海に落ちて死亡したとは考えられず、男二人が、中川真由美をボートに乗せて、沖まで行って、溺死に見せかけて、殺した可能性が、強くなってきたのです。今年四月七日に東京のホテルで殺されたニセ者の、中川真由美についても、五年前に本物の中川真由美を、殺害した二人の男が、殺したのではないかという、疑いが出てきたのです。われわれは、今後、この線で捜査を進めていくことになりました。上手くいけば、二つの事件が同時に、解決する可能性が出てきたのです。われわれは、そうなることを期待しています」

三上本部長の説明のあと、記者たちの質問を受けることになった。

最初の記者の質問。

「今年の四月七日、都内のホテルで、殺された女性ですが、中川真由美という名前が、偽名だと分かった以上、本名があるはずですが、その名前は、分かっているのですか？」

「木下昌子（きのしたまさこ）、三十六歳です。生まれたのは、本物の中川真由美と同じ、浜松です」

と、十津川が、答えた。

「なぜ、木下昌子という女性は、中川真由美という偽名を、使っていたんですか？」

「断定は、できませんが、中川真由美と名乗ることで、何らかの利益があったんだと思います。それに対し、ニセ者の、中川真由美が、この世の中にいては困ると考えた人間が二人の男に頼んで、ニセ者の、中川真由美を殺したのだと思いますね」

二人目の記者の質問。

「五年前の堂ケ島沖の溺死事件については、事故だと考えていました。警察も、そうだったと思います。それが、ここに来て急に、殺人だといわれましたが、どうして、溺死事故が殺人に、なったのでしょうか？　もう少し、詳しく説明して貰えませんか？」

三上本部長が、答える。

「静岡県警から、この事件を担当した、丹野刑事が来ているので、丹野刑事から説明して貰うことにします」

紹介された丹野が、答える。

「五年前の、八月に起きた事件は、堂ケ島のホテルに泊まっていた、中川真由美という女性が、沖合で、溺死体となって発見されたものです。最初、彼女が、釣り好きなので、ボートで夜釣りに出て、ボートから、転落して溺死したのではないかと、考えられました。五年前、静岡県警の空気が、事故死ということで固まっていたのは事実です。しかし、事故死一色では、ありませんでした。これは、殺人ではないかと、疑っていた刑事もいたのです。夜釣りに行って、海に転落したと見ているが、彼女を乗せた船が見つからなかったからです。五年経った今、殺人事件の可能性が、大きくなるような、証人が見つかったのです。三上本部長が話されたように、その証人は、当時、堂ケ島に住んでいた、無職のケイスケという男です。この男の証言によって、殺人事件の可能性が、より一層、大きくなりました。今後は、静岡県警と、警視庁との合同捜査になると期待しています。更にいえば五年前の、中川真由美殺しと、先日のニセの中川真由美殺しは、同じ犯人ではないか？その可能性が、大きくなったと、考えています。私が期待しているのは、五年前の中川真由美殺しの犯人を捕まえれば、五年後の、現在の殺人事件も解決するのではないかということです。その点で、警視庁と静岡県警との意見は、一致していると、私は考えています」

次の記者の質問。

「問題の証人というのは、信用できる人物なのですか？」

丹野刑事が、答える。

「最初は、八月七日の夜十時頃、周囲が暗い時に、目撃したというので、はっきりした証言は、できないのではないかと、危惧(きぐ)していたのですが、犯人と思われる二人の男のうちの一人は、左腕がなく、義手をつけていたという証言をしました。この証言は、信用できると思いますね。そのほか、この証人は、いろいろと、知っていると思われ、見たことを小出しにして、報奨金を狙っているようなところが見られます」

次の記者の質問。

「三上本部長に、お聞きしたいのですが、今の、静岡県警の丹野刑事からの話については、本部長も、同じ意見ですか？」

「そうです。同じです。問題の証人が、犯人について、もっと、いろいろなことを知っているらしいという、感触は、私も、持っています。多分、報奨金が出ることを確かめてから、証言するつもりでいるのだと思います。もし、この証人の証言で、二人の犯人を、逮捕することができれば、当然、警視庁と、県警から、それぞれ二百万円ずつの報奨金が、支払われることになります」

「ケイスケと、呼ばれている証人ですが、本名は、分かりますか？」

「本名は、飯田（いいだ）圭介、現在二十六歳です」

「重要な証人だとすれば、当然、捜査本部で、警護することになるわけですね？」

「われわれも、そうしたいのですが、本人が、ホテルを希望しているので、都内のホテルに、部屋を取りました。どこの、何というホテルかは、安全上の問題が、ありますので、申し上げられませんが、すでに、証人は、そのホテルに入っています。しばらくの間、そこに、いて貰うつもりでおります」

次の記者の質問。

「五年前に、中川真由美という女性が、殺され、今度は、そのニセ者が、殺されました。動機は、何ですか？」

「記者の皆さんも、うすうす、気づかれていると思いますが、ある有名な人物の、名誉がかかっておりますので、今のところ、曖昧な答えしかできませんが、日本の英雄、国家の英雄と思われている人物の、名誉を守るための殺人です。しかし、たとえ、国家的な英雄の、名誉を守るためだとはいえ、殺人は、絶対に許されません。われわれは、どんなことがあっても、この犯人を、逮捕するつもりでおります」

これで、記者会見は終わった。

4

翌日の新聞の社会面に、記者会見の模様が、大きく、報じられた。

「五年にわたる奇妙な二つの殺人事件、同時に解決か？」

こういう見出しの、新聞が多かった。

ほとんどの新聞で、二つの殺人事件の奇妙さと、有力証人の出現を軸にして、記事ができ上がっている。これは、警察が期待したものだった。

「五年前に、中川真由美が、殺され、先日、ニセ者の、中川真由美が殺された。

この事件は二つとも、ある国家的な英雄の名誉に関わることだといわれている。今、この二つの事件が、同時に解決されようとしている。

警察は、二つの殺人事件の犯人は、同一人物だと、考えていて、出現した証人の証言に期待している模様である」

全ての新聞の記事は、国家的な英雄が、誰なのか、具体的な名前は出していなかった。が、中には、日本の、マラソン界の誇りと書いた新聞もあって、誰のことをいっているのか、分かるように、なっているものもあった。

新聞報道を、もとにして、捜査会議が開かれた。これからの、捜査方針を決めるためである。

冒頭、三上本部長から、証人の飯田圭介は、四谷のホテルNに、入れたこと、一五〇一号室で、刑事二人が警護に当たっていることが知らされた。

その後、今後の、捜査方針について、十津川が説明した。静岡県警の、丹野刑事と相談して、作り上げたものである。

「われわれの目的は、あくまでも、二つの殺人事件に、共通する犯人を見つけ出し、逮捕することとです。残念ながら、犯人が、現在どこにいて、何を、しているのか、全く分かりません。名前も分かりません。それで、今回は、新聞記事を利用することにしました。難しいのは、飯田圭介という証人を、どう使うかということです。正直にいえば、この証人は、エサです。あまり警護を厳しくすると、犯人は、飯田圭介に、近づこうとしないでしょう。逆に、警護を緩くすれば、ワナだと、犯人に、警戒されてしまいます。証人を、守るだけならば、捜査本部に置いておくほうが、もちろん、安全ですが、それでは、犯人が近づいてきません。そこで、この証人は贅沢が好きで、報奨金狙いで、証言する男である。それで、証人の希望で、都内のホテルにしばらく置くことにしたと、記者会見で、発表したのです。これならば、犯人も疑わないだろうと、考えたからです。それから、飯田圭介には、携帯電話を持たせてあります。今頃、飯田圭介は、堂ケ島で、今もバーをやっている母親に、連絡を取っているはずです。犯人も飯田圭介の母親が、今も、堂ケ島で店をやっていることは、調べれば分かるでしょうから、母親に接触して、何とか、飯田圭介が今、どこにいるかを、知ろうとするでしょう。もう一つ、昨日の記者会見で、三上本部長は、記者たちに、証人が、危険な目に遭わないために、探すことは止めてほしいとか、事件が解決するまで、取材は自粛してほしいとも、いいませんでした。わざと、本部長はいわなかったわけで、当然、記者たちは、スクープを狙って、必死に、飯田圭介の居場所を、探し回るはずです。つまり、犯人も、記者たちを追いかける。とにかく、犯人が、証人の飯田圭介を探し出し、口封じに現れるという状況に持っていくのが、今後の捜査方針です」

「現在、静岡県警は、どう、考えているのですか？　今も、五年前の事件は、事故としているわけですか？」

質問したのは、西本刑事だった。

それに三上本部長が、答える。

「何しろ、今まで五年間、事故死として扱い、事件はそれで、解決したことになっていたからね。ただ、こちらからの要請を受けて、静岡県警は、事故死という見解は、曲げられないが、捜査に協力することは、約束してくれた。丹野刑事が、こちらに来ているのも、その表れだよ。この辺のことは、当の丹野刑事に説明してもらおう」

丹野刑事が、少しばかり、照れくさそうに口を開いた。

「静岡県警が、私を、こちらに寄越したのは、単なる厄介払いなのか、警視庁への協力なのか、その辺のところは、私自身にも、よく分かりません。ただ、飯田圭介の母親、美知子、五十歳が、現在も堂ケ島でバーをやっていますが、彼女に近づいてくる人間をマークして、その結果を私を通して、警視庁に、報告することは、約束してくれています。これを、合同捜査と呼ぶかどうかについては、県警の中でも、いろいろと、意見が分かれているそうです」

丹野は、いい終わって、苦笑した。

5

捜査本部に、四谷のホテルNの、図面が用意された。飯田圭介が入った一五〇一号室は、十五階の、いちばん端の部屋である。

あとは、このエサに、犯人が飛びついてくるかどうか、である。こちらとしては、じっと、待つより仕方がない。

二日後になると、何人かの記者たちが、ホテルNに、ホテルの図面を、もらいに来たという話が、十津川の耳に聞こえてきた。

記者たちは、二日かかって、証人、飯田圭介が入っているホテルが、四谷にあるホテルNであることを、突き止めたことになる。

「記者というのは、なかなか大したものですね。たった二日間で、ホテルNに、証人の飯田圭介がいることを、突き止めたのですから」

日下刑事が、いうと、

「今、証人は、ホテルNの、十五階のいちばん奥の部屋にいる。部屋の前では、刑事が交代で、張り番をしているんだ。十五階のいちばん奥の部屋ということは、守りやすいということに、なるが、十五階にあがると、まっすぐ見通せるわけだよ。十五階のいちばん奥の部屋の前に、屈強な男が、交代で座っていれば、誰だって、簡単に想像がついてしまう。都内のホテルを、全部調べたとしたって、そんなに時間はかからないよ。だから、たった二日間で、突き止めたというが、私からみれば、ずいぶん時間がかかったなと思うね」

十津川は、そういって、笑った。

「では、警部は、わざと、記者が、気づくようにしたのですか？」

「まあ、そういうことだな。どうしても、秘密を守りたければ、警護の刑事は、部屋の中に入れておけばいい。部屋の前なんかに配置しないよ」

「記者が、ホテルN、それも十五階だと気づいたとしても、犯人はどうかですが、気がついたでしょうか？」

「私は、犯人は、すでに、ホテルNをマークしていると、思っている」

「どうしてですか？」

「われわれは、五年前の事件と、今回の事件とは、おそらく、同一犯人の、仕業だろうと思っている。犯人の男たちは、五年間、全くシッポをつかまれていない。それは、五年間、犯人二人が、何も文句をいわずに、黙って過ごしていたからだよ。犯人の背後には、二人の男を、黙らせるような大物がついているんだと、私は、思っている。五年前の犯行についても、今回の殺人事件についても、十分に金を払い、優遇しているので、犯人たちの動静が、全く漏れてこないんだ。つまり、犯人を使っている人間には、それだけの力があり、金を持っているんだよ」

証人の飯田圭介が、現在、四谷のホテルNにいることぐらいは、犯人たちも、二日もあれば、簡単に、探り当てるだろう。

十五階の、突き当たりが、飯田圭介の入っている、一五〇一号室で、そのほかには、九つの部屋がある。エレベーターに、いちばん近い一五一〇号室には、前もって刑事二人が、入っているのだが、ほかの八部屋は、ホテルに頼んで、わざと全部空けてあった。

もし、どうしても、十五階の部屋に、泊まりたいという客、特に男二人の客、左腕が、義手と思われるような客が来た場合には、すぐ、連絡してくれるように、ホテル側には頼んである。

「どうしても、十五階の部屋に泊まりたいというカップルが、来ています」

という報告が、ホテルNのフロントから、捜査本部に届いた。

応対した十津川が、

「男同士ではなくて、カップルですか？」

「そうです。男性は三十五、六歳、女性のほうは、おそらく三十歳前後ですね。何でも、以前、結婚式を、ウチの近くの神社でやって、ウチで一泊した後、海外に新婚旅行に行った。その時、泊まった部屋が十五階で、気分がよかったので、今回もそこに泊まりたいと、いっているんです」

「それは、本当のことですか？　本当に、ホテルの近くの神社で結婚式を挙げて、そちらに一泊しているのですか？」

「何しろ、十年前だというので、確認はできません」

と、フロント係は、いう。

十津川は、そのカップルの名前を聞き、

「こちらで調べるので、保留にしておいてください」

と、頼んだ。

その後、十津川が、刑事たちを使って、このカップルについて調べると、何のことはない、ある新聞社の記者と、カメラマンのカップルだということが判明した。

十津川は、三上本部長、静岡県警の丹野刑事と相談した結果、この新聞社のカップルには、部屋を貸すことにした。あまり十五階の部屋に、客がいないと、かえって犯人に怪しまれ、近づかなくなる恐れが、あるからである。

許可した後、二人が働いている新聞社に電話をし、十五階の廊下を、あまり、ウロウロしないように頼んだ。

翌日、丹野刑事が、

「さっき、静岡県警から電話があって、飯田圭介の母、飯田美知子が、堂ケ島を、出たそうです」

と、いってきた。

「どうして堂ケ島を出たのですか?」

「詳しいことは、分かりませんが、どうやら、息子の飯田圭介から、母親の美知子のほうに、電話があって、そのあと、彼女が、突然、堂ケ島を出たということらしいのですよ」

「行き先は、分かります？」

「県警の刑事が、飯田美知子の尾行に当たっているはずですから、行き先は、すぐに分かると思います」

と、丹野が、いう。

その言葉を聞いて、十津川は、少しホッとしたが、

「飯田美知子というのは、どういう女性なんですか？」

と、きいた。

「五十歳で、八年間、堂ケ島でバーをやっています。潰れもせずに、やってきたということは、かなりのしっかり者なのでしょう。性格が、水商売に合っているのかも、しれません。息子の飯田圭介を、親一人子一人ですから、甘やかして、育てたといわれています。それを考えると、飯田圭介から電話があったので、心配して東京に行ったということも考えられます。もし、彼女が、四谷のホテルNに現れて、泊まりたいといった時には、どうしますか？」

「そうですね、もし、母親がホテルNに来たら、犯人も、彼女をマークしているでしょうから、飯田圭介がいるのは、ホテルNだと、確信を持つはずです。こちらとしては、そのほうが、いいですから、チェックインを認めましょう。ただ、母親の行動は、見張ってい

たほうが、いいですね。犯人が、母親を使って、証人の、飯田圭介に近づこうとする恐れが、ありますから」

十津川が、いった。

その日のうちに、飯田美知子が、四谷のホテルNに来たことが分かった。

丹野刑事の話によると、彼女を、尾行してきた県警の刑事二人が、美知子が、ホテルNに入るのを、確認したというのである。

ホテルのフロントからも、すぐ、十津川に連絡があった。

「今、飯田美知子さんが、来ていらっしゃいますが、どうしたらいいでしょうか？」

と、きいてきたのだ。

「構いませんから、チェックインを、許可してください。ただ、十五階の部屋には入れないように。母親が、やたらに、廊下をウロウロしたり、一五〇一号室に行ったりすると、困りますから」

「実は、飯田美知子さんは、十五階の部屋に泊まりたいと、いっているのです」

と、フロント係が、いう。

息子の飯田圭介が、母親に連絡をして、現在、自分は四谷のホテルNの一五〇一号室にいると、伝えたのだろう。

「それなら、なおさら、ほかの階にしてください。十五階は、絶対に、ダメです」

と、十津川が、いった。

あまり簡単に、飯田圭介の入っている部屋が、一五〇一号室、十五階の廊下の突き当たりだと、分かってしまっては、困るのだ。そんなに簡単に分かってしまうと、犯人が、警戒してしまうだろう。

結局、飯田美知子は、ホテルNの六階、六〇五号室に、泊まらせることにした。

「飯田美知子ですが、警部は、犯人が、彼女をここまで、尾行してきたと思われますか？」

亀井が、十津川に、きいた。

「犯人自身なのか、犯人に頼まれた人間なのかは、分からないが、飯田美知子が尾行されていたことは、まず間違いないよ。だから、これで、犯人も、証人の飯田圭介が、ホテルNに入っていることを知ったわけだ。あとは、犯人が、どう出てくるかだな」

十津川たちは、証人、飯田圭介に、近づいてくる人間たちのことを、調べる一方で、佐々木宗雄という名前によって、利益を得ている人間の動きも慎重に調べていた。

佐々木宗雄の顕彰会（けんしょうかい）は、現在、全国に三つある。それが、調べる対象の第一である。

二番目は、佐々木宗雄の妻だった恵子が社長をやっている会社である。

佐々木宗雄は、現役引退後、自分の名前を冠した運動具を製作、販売する会社を起こし、成功している。現在、妻の恵子が社長を、息子の宗一が、営業部長を務めている。

三番目は、公益法人『四十二・一九五の会』のことだった。四十二・一九五というのは、マラソンの距離である。

公益法人『四十二・一九五の会』は、亡くなった佐々木宗雄の遺志によって発足した会で、優勝者には、佐々木宗雄のブロンズ像を贈ることにしていて、そのせいで日本中の多くのマラソン大会の主催を、この公益法人が、引き受けていたのである。

十津川は、この三者の動きを、慎重に調べていった。

顕彰会は、佐々木宗雄の名前で、利益を上げているかどうかは、分からない。顕彰会の会長も会員も、二大会連続オリンピックの、マラソンで優勝した佐々木宗雄は、神に近い存在と思っている。それだけに、その佐々木宗雄の名前を、汚すような人間は、許すことができないだろう。

二番目の、佐々木宗雄の妻、佐々木恵子がやっている会社は、佐々木宗雄の名前で、運動具を売っているところがある。佐々木宗雄の名前が、汚れるようなことは許さないだろうが、こちらは、顕彰会とは違って、会社の利益に繋がっている。

公益法人『四十二・一九五の会』は、立場が微妙である。公益法人なので、税金は安い。

年間に、どのくらいの利益を上げているのか、はっきりしない。

この公益法人『四十二・一九五の会』は、佐々木宗雄が死んだ直後に作られている。佐々木宗雄は、病院に入っていた時、その病床で、ぜひ、マラソンの会を作ってほしい。そうすることで、日本のマラソン界は、さらに盛り上がるだろう。そう遺言して、亡くなったと、いわれている。

この遺言が事実かどうか？　論争になったが、結局、佐々木宗雄の遺志により、『四十二・一九五の会』ができ、理事長には、長年にわたって、佐々木宗雄の秘書をやっていた、小野寺守（おのでらまもる）が就任した。

小野寺は、現在五十歳。

いまだに、公益法人『四十二・一九五の会』が作られたのが、佐々木宗雄の、遺言だったのかどうかについて、疑問が持たれているが、理事長の小野寺守は、自分が、『四十二・一九五の会』を作ったのは、ただ、日本のマラソン界が、今後ますます、発展し、オリンピックのマラソンで、男女ともに、優勝者を出すことが、念願であって、利益を上げることは、一切、考えていないと、いっている。

また、スポーツ界には、できる限りの献金をしているとも、口にしていた。

この中で、十津川が、いちばん怪しいと、思っているのは、公益法人『四十二・一九五の会』である。

本部は、佐々木宗雄が生まれた金沢にあるが、それと、同じ規模の支部が、東京都千代田区平河町のビルの中にあった。

その公益法人『四十二・一九五の会』が、来週の日曜日、都内でマラソン大会を主催するという。

捜査会議でも、マラソン大会のことが話題になった。

「問題は、そのコースです」

と、十津川が、三上に、説明した。

「普通、東京で、マラソン大会をやるとすると、東京オリンピックの時のように、甲州街道を使って、往復にするか、千葉県、あるいは、神奈川県の道路を使うかします。出発点は、東京の真ん中でも、走る道路は、郊外です。それなのに、今回、公益法人『四十二・一九五の会』が計画したコースは、文字通り、東京都内を走り回るのです。そのコースを描いておきましたが、皇居の周辺を回り、四谷から九段に向かうという、ランニングを楽しむ人にとっては、よく、知られたコースですが、マラソン大会をするような、コースではありません。それに、よく見てみると、四谷のホテルNの前を、通るコースになっているのです。これが偶然なのか、それとも、何か、意図があって、ホテルNの前を通るのか、そこが分かりません」

「『四十二・一九五の会』は、どういっているのかね？」

三上本部長が、きく。

「電話をしてみましたが、このコースは、前々から考えていたもので、マラソンが好きな人で、特に、東京に住んでいる人にとっては、いつもよく走っているコースだから、今回のマラソン大会には、一般の人たちの、参加も求めています。きっと、盛大な大会になると思いますよといい、こちらの疑問は、一笑(いっしょう)に付(ふ)されてしまいました」

十津川が、いうと、三上は、

「それで、君自身は、どう、思っているのかね？　本当に困ったことになったと、思っているのかね？　それとも逆に、事件の解決に、結びつくと思っているのかね？」

「その両方を考えています。もし、この『四十二・一九五の会』の、東京マラソン大会に、犯人の意思が、入っているとすれば、間違いなく、来週の日曜日に、犯人は、ホテルNにいる、飯田圭介を殺そうとするはずです。そう考えると、来週の日曜日は、犯人を逮捕する、絶好の、チャンスでもあります」

「それならば、来週の日曜日のマラソン大会には、反対しないほうが、いいわけだな？」

「一応、反対の姿勢を取りますが、結果的には、マラソン大会が、実行されることを希望しています」

十津川は、少しばかり、笑顔になった。

第七章　追いつめる

1

マラソン大会の当日、午前十時をすぎた頃から、ホテルNの周辺が、次第に、騒がしくなってきた。

マラソンのレース自体は、正午ちょうどに、ランナーたちが、S公園を、一斉にスタートすることに、なっている。

その前に、大会の役員たちが、コースの下見をしたり、選手たちに提供する飲料水を、どの辺りに、置いたらいいのかを、調べているらしい。何人もの役員たちが、忙しそうに、動いている。

十津川は、ほかの刑事たちと一緒に、朝早くから、ホテルNに入っていた。証人の飯田圭介が、現在、一五〇一号室にいることも確認している。この証人を、絶対に殺させてはならない。

その反面、二人の犯人が、証人の飯田を殺しに来てくれなくても、困るのである。そこが難しい。

午前十時になって、一つの知らせが、十津川に届いた。

今日のマラソン大会の主催者、公益法人『四十二・一九五の会』の理事長、小野寺のことを調べていた刑事が、電話で、情報を、知らせてきたのである。

「二人の犯人のうちの一人、左腕がなくて、義手をはめている男のほうですが、名前が分かりました。こちらの調べに、間違いがなければ、名前は平田明(ひらたあきら)、年齢は三十歳前後だと、思われます」

と、その刑事が、いった。

「どうして、分かったんだ?」

十津川が、きく。

「『四十二・一九五の会』の主催で、日本各地で、マラソン大会が、行われています。今は辞(や)めていますが、この会の職員として、一ヵ月前まで、働いていたという男を見つけて、話を聞くことが、できたのです。その男によると、五年前に、この会が、伊豆半島の東海岸を走っている、国道一三五号線を使って、マラソン大会を開催したことが、あるそうなんです。その時、会の小野寺理事長が、地元の有力者に頼んで、国道一三五号線の交通規制と、観光客などの整理を、やってもらったんだそうです。有力者というと、聞こえがいいのですが、いってみれば、地元のヤーさん、つまり、ヤクザですね。その時、そのヤーさんのほうから、連絡係として、やって来ていたのが、左腕がなくて、義手をはめていた二十五、六歳の男だったというんですよ」

「五年前と、いったのか？　間違いないんだな？」

「そうです。間違いなく、五年前の春だったといっています」

と、その刑事が、いった。

五年前の八月には、伊豆の堂ケ島沖で、中川真由美が、溺死事故に見せかけて、殺されているのである。その時に、飯田圭介に、夜の海岸で目撃されたのは、犯人と思われる若い男二人である。

そして、その片方の男には、左腕がなくて、義手をはめていたという。

伊豆という地名も、五年前というのも、合っている。

「その平田明という男の写真は、手に入らないのか？」

十津川が、きいた。

「残念ながら、手に入りません」

「もう一人の男のほうはどうだ？ 名前は分からないか？」

「今、調べていますが、まだ、分かりません。引き続き調べて、分かれば、そちらにすぐ連絡します」

刑事は、そういって、電話を切った。

十津川は、分かったことを、そのまま、部下の刑事たちに伝えた。

「犯人二人のうちの一人は、名前を平田明という。現在の平田の年齢は、三十歳前後だろう。今は、組を辞めているが、五年前は、伊豆の東海岸を、縄張りにしていたK組の組員だったそうだ」

伝えられたのは、それだけである。

三十分して、また同じ刑事から、電話が入った。

「先ほども申し上げましたが、二人は、東伊豆を縄張りにしていたヤクザのK組の組員だったのですが、五年前に、二人とも組を辞めています。その一人が、さっき電話でお話しした平田明、現在三十歳くらいの男なんですが、一緒に辞めたもう一人の名前が、分かりました」

「そうか。それはよかった」

「星野健太、年齢は、やはり、現在三十歳前後です。残念ながら、こちらの顔写真も、手に入りません」

「何とかして、至急、二人の顔写真を手に入れてくれ」

「分かりました。やってみますが、自信は、ありません」

その刑事が、いった。

「しかし、その二人の元組員は、五年前に、すでにK組を辞めているんだろう？　それなら、もう、K組の組員ではないんだから、K組にかけ合って、二人の写真をもらってくればいい。おそらく、出してくれると思うぞ」

十津川は、励ますように、いった。

さらに、十二、三分すると、同じ刑事から、電話が入った。

「警部、何とか、二人の写真が、手に入りそうですよ」

「そうか、それはよかったな。うまくいったじゃないか」

「しかし、警部、その代りに、K組に足元を見られて、ヘタな取引を、させられてしまいました」

と、その刑事が、いった。

「何を頼まれたんだ？」

「実は、K組の、組長のかみさんが、昨日、一人で車を運転して、東京に出かけていったのですが、池袋で、交通違反をして捕まってしまったんだそうです。罰金を払うのはいいが、何とか、今日中に釈放してもらって、すぐ、下田のほうに、かみさんを、帰してくれれば、二人の写真を渡すと、いわれたんです」

「じゃあ、まだ写真は、手に入っていないのか？」

「そうです」

「それにしても、そのかみさんは、どうして今も捕まっているんだ？　普通の交通違反なら、罰金を払えば、すぐに、釈放してくれるだろう？」

「それがですね、かみさんは、捕まった時、自分を捕まえたパトカーの警官に、腹が立ったので、相手を蹴飛ばしてしまったんだそうですよ。それで、交通違反に、公務執行妨害が、加わってしまって、池袋署に、逮捕されてしまったらしいのです」

「それで、すぐに、釈放してやると、組長に、約束してしまったのか？」

「そうです。何とかして、二人の顔写真を手に入れたいと思っていたので、話の流れで、つい、引き受けてしまいました」

刑事が、小さな声で、いう。

「分かった。その問題は、すぐに、こちらで、処理をする」

電話を切るとすぐ、十津川は、池袋署の署長に、電話をかけた。

電話に出た署長に手短に事情を話し、公務執行妨害で、そちらに捕まっているK組の組長のかみさんを、すぐに釈放してほしいと、十津川は、依頼した。

「もし、すぐに釈放しないと、どういうことになるんですか？」

と、署長が、きく。

「二人の殺人犯が、逮捕できなくなってしまいます」

十津川が、いうと、一瞬の間があってから、署長は、

「よし、分かった。そういうことなら、すぐ釈放しましょう」

と、いってくれた。

それをそのまま、十津川は、さきほどの刑事に伝えた。

「今の話を、そのままK組に伝えて、一刻も早く、二人の顔写真を手に入れるんだ。手に入ったら、写真を転送してくれ」

と、十津川が、いった。

問題の顔写真が届いたが、十五、六分かかってしまった。

十津川が用意したパソコンの画面に、間違いなく、二人の男の顔写真が、映し出された。

それを大急ぎで、プリントし、今日の捜査に当たる刑事たち全員に配った。

「なるほど。これが、問題の犯人二人ですか？」

亀井が、眼を光らせた。

「ああ、そうだ」

十津川が、肯く。

二人は、ホテルNのエレベーターで、十五階に上がった。

エレベーターを降りたところから、突き当たりの一五〇一号室までまっすぐに、廊下が続いている。

「廊下の長さは、五十メートルといったところですね。犯人と思われる写真の男二人が、エレベーターで降りてきて、この廊下を、突き当たりの一五〇一号室まで突っ走ったとしても、これなら、途中で、楽に、逮捕できますね」

亀井が、いうと、

「それは無理だ」

と、十津川が、いい返す。

「なぜ、無理なのですか？」

「二人の男は、以前、ヤクザの組員だったんだ。そこを辞めてから、西伊豆の堂ケ島で、中川真由美を、船で沖まで連れ出して、溺れさせて殺した。ケンカ慣れした男二人が、このまっすぐな廊下を、走っていくだろうか？　そんなことをしたら、自殺行為と二人には、わかる筈だ」

「しかし、このまっすぐな廊下を走る以外に、あの一五〇一号室には行けませんよ。十五階の全ての部屋では、刑事が見張っていますから、二人が途中の部屋を、使うこともできません」

「もし、私が犯人だったら、いったい、どうやって、一五〇一号室に飛び込んで、中にいる飯田圭介を殺すだろうかと、さっきから、考えているのだが、なかなか、うまい方法が思いつかないんだ」

と、十津川が、いった。

「もしかすると、二人は、銃を持っているかもしれませんよ」

亀井が、いう。

「その点は、私も考えた。持っていると見ていいだろう」

「銃があれば、別に、この五十メートルの廊下を、突き当たりの部屋まで走る必要は、ないんじゃありませんか？　エレベーターを降りたところからだって撃てますからね。拳銃であれ、ライフルであれ、一五〇一号室までは十分に届きます」

「しかし、飯田圭介は、部屋の中にいるんだよ。ドアも閉まっている。部屋の外に出てこなければ、いくら銃を持っていたって、狙撃は、無理だよ」

「何とかして、飯田圭介を、部屋の外に、呼び出す方法はありませんかね？　それが分かれば、犯人たちの行動も推測できると思うのですが」

「たしかに、二人の犯人が、飯田圭介を、呼び出す方法を、思いついていれば、エレベーターの前から、部屋を出てきた飯田圭介を狙撃して殺すことができるな」

「例えば、飯田圭介の母親を、使ったらどうでしょう？」

亀井が、いった。

「母親を使って、どうやるんだ？」

「母親を脅かして、息子の飯田圭介を、あの部屋から、連れ出させるんです。外で待ち構えていて、飯田圭介が、出てきたら、狙撃すればいいんですよ」

母親の美知子は、現在、本人が哀願するので、このホテルに、部屋を取って泊めているが、もちろん、飯田圭介のいる十五階ではない。

十津川は、念のために、西本と日下の二人の刑事を、美知子と同じ部屋に待機させてあった。

十津川は、西本刑事を、携帯で呼び出して、

「今、飯田美知子は、どうしている？」

と、きいた。

「ソファーに腰を下ろしていますが、落ち着きがありません」

「いいか、どんなことがあっても、その部屋から、出すなよ。犯人が、その部屋にやって来て、銃を使って、彼女を連れ出す可能性もあるから。注意していろ」

「はい」

「犯人の写真は、届いているか？」

「写真は、いただいています」

「その犯人が、母親を使って、息子の飯田圭介を、おびき出そうとする恐れがあるから、くれぐれも用心していろ。絶対に油断するな」

そう念を押してから、十津川は、電話を切った。

これで、西本と日下の二人は、部屋に鍵をかけ、万一に備えて、待機するはずだから、犯人たちが、飯田圭介の母親を、連れ出すことは、まず不可能だろう。

「犯人たちは、ほかの人間を人質にするかもしれませんね」

亀井が、いう。

「母親以外の人質ということか？」

「そうです。今日も、ホテルには、沢山のお客が、泊まっています。従業員もいますから、その中の一人を、さらえば、犯人は、母親と同じように、その人質を利用できるんです。もし、この十五階に、人質を銃で脅かしながら連れてきて、刑事たちに、証人の飯田圭介を、あの部屋から、連れてこい。いうことを聞かなければ、この人質を殺すぞと、脅かすことも、考えられます。何しろ、今日は日曜日で、ホテルの中には、人質にできそうな人間が、何人も、歩いていますからね」

亀井が、いった。

「たしかに、その可能性はあるな。館内には、地元の四谷警察署から、刑事が二十人、応援に来ている。その刑事たちにも、一応、注意するように、いっておこう」

十津川が、いった。

2

十二時ジャストになった。

この周辺で、行われるマラソンが、スタートした。

しかも、このマラソン大会の主催者、公益法人『四十二・一九五の会』の理事長、小野寺は、問題の犯人と、五年前からの知り合いだといわれている。

小野寺は、犯人二人とは、いったい、どんな関係なのだろうか？

ホテルの、ところどころに、今日のマラソン大会のポスターが、貼ってある。そのルートものっている。

十津川は、改めて、ポスターに、目をやった。

「今日のマラソンは、このホテルのそばを通るのだが、ホテルの正面口のほうじゃないんだな。ホテルの裏のほうを、通るんだ」

十津川が、いうと、亀井は、

「そうです。ホテルの裏を、通るんです。たぶん、マラソンの主催者側が、ホテルに気を遣(つか)ったんじゃないですかね？　入口付近を、ランナーが集団で通ると、渋滞(じゅうたい)を起こしますから」

十津川は、犯人たちが、今日のマラソン大会を、利用するのではないかと考えて、心配していた。

ただ、ポスターを見ると、今日のマラソンのコースは、このホテルの、正面ではなく、裏を通るようになっている。当然、このことは、二人の犯人も、ポスターを見て、承知しているだろう。

マラソンコースが、ホテルの裏を、通ることになっているのを、彼らは、利用するだろうか？　それとも、ホテル正面を通らないので、利用することは、諦めるのだろうか？

十津川は、考え込んだ。

そんな十津川の様子を見て、心配した亀井が、

「いったい、どうされたんですか？」

それでも、十津川は、黙って考え込んでいたが、急に、

「そうか、非常口か」

と、いい、亀井に、

「このホテルの非常口は、どこにあるんだ？」

と、きいた。

亀井が、廊下に貼られている、非常口のマークに、目をやった。

「これを見ると、ホテルの裏側にあるみたいですね」

十津川の顔が、緊張した。

エレベーターのところから見ると、証人の飯田圭介の入っている一五〇一号室は、いちばん端に見える。

しかし、非常口は、裏手にあるのだから、一五〇一号室のすぐ裏に、非常口があることになる。

今日のマラソンのコースは、ホテルの裏の道路を通ることになっていた。

全部、ホテルの裏なのだ。

ホテルの裏手で、ワーッという歓声が起きた。マラソンランナーたちが、ホテルの裏手を、通過し始めた、その歓声だった。

「非常口だ！」

十津川が、怒鳴った。

このホテルは、三十二階建てである。その三十二階の部屋へ、非常階段が、ホテルの裏を、一階から繋がっていて、その途中には、飯田圭介のいる、十五階の一五〇一号室があるはずである。当然、万一の時には、裏の非常階段の途中から、一五〇一号室の客も、逃げ出せるように、なっている筈だ。

逆にいえば、非常階段から一五〇一号室に飛び込むことも、可能なのではないか？　ただ普段は、鍵がおりているのではないか。

二人は、必死に、五十メートルの廊下を走った。

（鍵は、壊すことが出来る。少しの爆薬があれば）

裏手のほうから、歓声が、さらに一層、大きくなってくる。

突然、打ち上げ花火の音がした。

ホテル裏の道路で、走ってくるマラソンランナーを称えて、拍手を送っていた見物人の一人が、打ち上げ花火をあげたのだろう。

(これに合わせて、一五〇一号室の鍵を壊したのではないのか?)

十津川は、走ったままの勢いで、正面の一五〇一号室のドアにぶつかって、中に飛び込んだ。

途端に、銃声が起こった。

飯田圭介が、悲鳴をあげる。

部屋には、彼を守るために、二人の刑事がいたのだが、その一人が、撃たれて、床に倒れている。

窓際に、二人の男が立っていた。シルエットになっているので、顔は、よく分からないが、二人とも、拳銃を持っていた。

片方の男が、二発目を撃った。

今度は、飯田圭介の左肩にかすり、飯田が、また大きな悲鳴をあげて、床を転げ回った。

十津川は、その男に向かって、飛びついていった。

部屋にいた刑事のもう一人が、拳銃を取り出して、構える。

もう一人の犯人が、銃を撃った。

刑事の肩の辺りから、血が、噴き出した。

亀井は、その間に、自分の拳銃を取り出して、窓際にいる男に向かって、撃った。

十津川が飛びついた男は、左腕がなかった。片腕しか、使えないのだ。

そのせいか、背の高い、たくましい体つきをしているのに、男は、飛びついた十津川と一緒に、床に転がった。

拳銃の音を、聞きつけて、別の刑事二人が、部屋に、飛び込んできた。

転がった男が、闇雲に拳銃の引き金を引いている。そのたびに銃声が起き、物が壊れ、飯田圭介が悲鳴をあげた。

十津川が、一緒に転がった男を、殴りつけた。

新しく飛び込んできた刑事二人が、その男の顔を、拳銃で殴った。

男が、悲鳴をあげる。

部屋の端では、亀井が、相手に向かって、

「大人しくしろ!」

と、怒鳴っている。

それでも、相手は、拳銃を撃った。が、外れた。テーブルの上のグラスが、壊れて、破片が、飛び散る。

「この野郎！」

叫びながら、亀井が、その男の足に向かって、拳銃を撃った。

今度は、犯人が、悲鳴をあげた。

また新しく、刑事二人が、部屋に飛び込んできた。これで、大勢（たいせい）が決まった。

気がつくと、十津川も、額（ひたい）から血を流していたし、床に組み伏せた犯人の顔からも、血が噴き出していた。

亀井が撃ったもう一人の犯人は、太ももを、押さえながら、悲鳴をあげている。そこから血が、噴き出していた。

「誰か、救急車を呼んでくれ！」

十津川が、怒鳴った。

「負傷者五人！　救急車三台！」

亀井も、怒鳴る。

十津川が、自分が捕まえた片腕の犯人に、手錠をかけた。

亀井に撃たれた男は、依然（いぜん）として床に転がったまま、うめき声をあげている。

何分かして、救急車が三台、ホテルの正面玄関に、到着した。

救急隊員が、廊下を走って、一五〇一号室に駆け込んだ。

十津川たちは、犯人には手錠をかけ、証人の飯田圭介には、腕を貸して、救急隊員と一緒に、救急車まで、歩いていった。

ロビーには、今日のホテルの客と、三上本部長や、静岡県警の丹野刑事が控えていた。

十津川は、丹野刑事を、手招きした。

「この二人だが、犯人に間違いないか？」

と、きいた。

「私は、直接、犯人を、見ていませんが、犯人に間違いないようですね」

と、丹野が、いった。

傷ついた二人の犯人と、証人の飯田圭介、撃たれた二人の刑事は、三台の救急車に、乗せられて、近くの病院に運ばれることになる。

十津川たちも一緒に、救急車に乗った。

三台の救急車が、サイレンを鳴らして走り出した。

3

病院に着くと、太ももを射抜かれている犯人は、すぐ、緊急手術をすることになった。

もう一人の犯人は、頭に包帯を巻いただけで、済ませた。

証人の飯田圭介は、犯人の撃った拳銃の弾丸が、左の肩をかすり、そこから血を流していた。

派手に悲鳴をあげていたが、傷の手当てをすると、大人しくなってしまった。

十津川は、部下の刑事たちに、あとを頼んで、亀井を促して、病院を出た。

十津川には、もう一人、逮捕というよりも、確保しておきたい相手が、いたからである。

今日の、東京都内のマラソン大会を主催した公益法人『四十二・一九五の会』の理事長、小野寺である。

マラソンは、まだ続いていた。

マラソンのスタート地点となった公園の中には、主催者の『四十二・一九五の会』の役員たちが、テントを張って、そこを、臨時の事務局にしていた。その中には、五十歳の理事長、小野寺もいた。

小野寺理事長は、ニコニコしていた。

今日のマラソンに、予想以上のたくさんのランナーが出場し、その上、見物人も大勢集まったからだろう。

そんな理事長の小野寺に向かって、十津川は、

「これから、捜査本部に、同行して頂けませんか？」

と、声をかけた。

小野寺は、マラソン大会の成功で喜んでいるところに、突然、刑事が二人現れて、同行しろといったので、明らかに、不機嫌な表情になっていた。

「私は、マラソン大会の主催者ですよ。間もなく、マラソンが終わりますから、それまで、待ってくれませんかね？　主催者の私がいなくなってしまったら、混乱してしまう。そういうことは、避けたいんですよ」

小野寺が、大きな声を出した。

「レースの後のことは、そこにいる副理事長に、任せたらいいじゃありませんか？　こちらは、殺人事件を、捜査しているんですよ。今日のマラソン大会のような、遊びではないんです。今すぐ、われわれに同行して頂けないのなら、仕方がない。強制連行しますよ」

十津川は、強い口調で、小野寺を脅かした。

「私に、同行を求める理由は、何ですか？」

「今いったじゃありませんか？　われわれは、殺人事件の捜査をしているんですよ」

「私に対する令状は、あるのかね？」

小野寺が、きく。

「令状はありません」

「令状なしには、逮捕はできないんじゃありませんか？」

「いや、できますよ。緊急逮捕です。今から三十分前に、ホテルNで、殺人犯を逮捕しました。あなたには、その犯人たちとの共犯の疑いが、あります。大人しく同行して頂けなければ、手錠をかけて連れていく！」

十津川が、怒鳴ると、小野寺は、やっと椅子から立ち上がった。

十津川と亀井で、小野寺の両脇を固め、公園の外に、待たせておいたパトカーまで連れていった。

パトカーが、捜査本部に向かって走り出すと、小野寺は、体を固くして、

「私は、何も知らん。あのホテルで、何があったのかも知らん。今日、私たちが主催するマラソン大会が、無事に終わることだけを祈っていたんだ。その私を、どうして、逮捕するんだ？」

「理由は、捜査本部に行ったら、ゆっくり説明しますよ」

とだけ、いって、十津川は、後は黙ってしまった。

4

捜査本部に着くと、十津川はすぐ、小野寺理事長に対する、尋問を開始した。

「あなたは、ここに来る途中で、ホテルNで、何があったのかは、知らないと、いいましたね？　それは、明らかにウソだ。今日、ホテルNで何があったのか、何をしようとしていたのか、そのことを誰よりもよく、知っていたのは、小野寺さん、あなただ」

十津川は、まず、小野寺に向かって、強い口調でいった。

「私が知っているという、何か、証拠でもあるのか？」

小野寺も、張り合うように、強い口調になっていた。

「もちろん、ありますよ。あなたは、ホテルNの周りを通るようなコースで、今日のマラソン大会を主催した。最初、ホテルの前を通るルートだった筈です。ところが、なぜか、突然、ホテルの裏を通るコースに変更しましたね？　これは、どういうわけですか？」

「ホテルの正面というのは、車の出入りや人の出入りがあって、マラソンランナーが、走りにくいからだ。それに、ホテルの正面を通ったら、見物人が、たくさん押し寄せて、ホテルにも、迷惑をかけてしまう。だから、ホテルの裏の道路を通るようにしたんだ。その、どこがおかしいのかね？」

「それは、弁明になりませんよ」

「どうして？」

「最初、あなたが、ホテルNの前を通るコースに決めた時、ホテルの前といっても、道路一つ隔てた、ホテルの入口からは百メートルも離れた道路が、ルートになっていたんですよ。これが、その時のポスターです。これで、間違いないでしょう？　ホテルに聞いたところ、これなら別に、邪魔になりません。それに、ホテルの泊まり客が、応援できるから、かえって喜びます。ホテルNの支配人は、そう、証言しています。ですから、このコースでも、何の邪魔にも、ならなかったんですよ。ところが、昨日になって突然、あなたの一存で、マラソンのコースを、変えてしまいました。ホテルの正面が、見える道路から、裏手の道路に変えたんですよ。しかし、そちらのほうが、見物客は集まりにくくなるし、何よりも暗くて、マラソンの華やかさが、消えてしまいます。それなのに、あなたは、どうして、裏通りに変えたのですか？」

「だから、今もいったじゃないか？　ランナーも走りにくいし、ホテルの邪魔になるから変えたんだ」

「それでは、全然、説明になっていませんね。今もいったように、ホテルの正面といっても、百メートルも離れた道路を使うので、全く邪魔にはならないのですよ。ホテル側も、邪魔にはならないといっているし、あなたも、だから最初は、このコースにしたんでしょう？　ところが突然、コースを変えてしまいました。どうして変えたのか？　明らかに、五年前の殺人事件の証人、飯田圭介が、ホテルNに入ったが、その部屋が、ホテルの正面からも、エレベーターを降りたところからも、離れていて、問題の裏通りにいちばん近い一五〇一号室になったからなんでしょう？　正面から押しかけては、その部屋にたどり着くまでに、捕まってしまいます。ところが、ホテルの裏には、非常階段があって、裏通りから、うまく行動すれば、一五〇一号室に入ることができる。それが分かったから、あなたは、突然、マラソンのコースを変えたんですよ」

「それは、あくまで、マラソンをスムーズに実施したかったからですよ。第一、私は、飯田何とかという証人のことなんか、何も知りませんし、何の関係もありませんよ」

小野寺が、いった。

十津川は、犯人二人の顔写真を、小野寺の前に置くと、

「いいですか、ここに、二人の男の顔写真があります。名前は、平田明、星野健太。小野

寺さんは、もちろん、この写真の顔に、見覚えが、ありますよね？　それとも、二人とも、全く、知らない顔ですか？」

小野寺は、写真をチラッと見たが、すぐ十津川を見て、

「いや、こんな顔は、見たことがない。二人とも知らない男だ」

「それは、おかしいですね。今から五年前、あなたは、伊豆半島の東側を走る、国道一三五号線を使って、マラソン大会を企画し、主催した。その時に、土地の顔役のK組に話をつけて、交通整理や見物客の整理を、頼みました。もちろん、あなたは、それに、ふさわしいだけの金は払いましたよね？　その時、理事長のあなたと、K組との、連絡係として、この二人が、あなたのところに、来たはずですよ。何度もね。よく見てください。あなたがよく知っている平田明と星野健太ですよ。五年前、この二人の男は、K組の組員でした。そのことは、もちろん、知っていますよね？　五年後の今日、この二人は、ホテルNの一五〇一号室に、飯田圭介を殺すためにやって来ました。あなたは、この二人に協力して、ホテルNの非常階段に、案内したんですよ。そして、二人は、非常階段から一五〇一号室に忍び込んで、拳銃を発射して、飯田圭介を殺そうとしましたが、負傷させただけで、終わってしまいました。現在、この二人は、逮捕されていますから、あとで、彼らに会ってもらいますよ」

十津川がいうと、小野寺の顔が、急に青ざめた。

「何回もいいますがね、こんな二人の男たちは、私の全く知らない男ですよ。それとも、警察は、この二人が、私と関係があるという証拠でも持っているんですか？」

「あなたのところで働いていて、一ヵ月前に辞めた男が、いましたよね？　名前は水野広之。彼が、はっきりと、証言しているんですよ。五年前に開かれた国道一三五号線を使ったマラソン大会の時に、当時、K組の組員だったこの二人の男が、K組とあなたとの連絡係として、あなたのところに、しばしば来ているのを見たと、水野広之は証言しているんですよ。この辞めた証人にも、後で会ってもらいますからね」

十津川が、いうと、小野寺の顔色が、さらに、悪くなっていった。

5

逮捕された、平田明と星野健太の二人は、星野健太が、左足を亀井刑事に撃たれて負傷し、平田も、刑事たちともみ合った時にケガをしているので、二人揃って、病院に入院することになった。

そのため、十津川は亀井と病院に行き、平田と星野を、尋問することになった。

「こうなった以上、覚悟を決めて、君たちにも、全てを、正直に話してもらいたい。そのほうが、君たちのためにもなるんだよ」

十津川が、いったが、二人は黙っている。

十津川は、続けて、

「ここに来る前に、『四十二・一九五の会』の小野寺理事長を逮捕して、話を聞いてきた。小野寺は、君たちのことを、知っていると自供している。最初に知り合ったのは、五年前の東伊豆だったそうだな。国道一三五号線を使ってのマラソン大会を、開いた時に、小野寺は、土地の顔役のK組に金を払って、人員整理や交通整理を頼んだ。その時、君たち二人が、K組と、小野寺理事長との間の連絡係を、命じられた。これは、間違いないね？小野寺も、ちゃんと、認めているんだ」

十津川が、いったが、まだ、二人とも、黙ったままだった。

「いいかね、このあと、小野寺理事長は、君たち二人に大金を払って、西伊豆の、堂ケ島沖で、中川真由美を殺すことを依頼した。今年になって、西新宿で、今度は、ニセ者の中川真由美の殺害を依頼した。小野寺理事長が、そう証言しているのだから、大人しく認めたらどうなのかね？」

十津川が、いった。

「小野寺理事長は、俺たちのことを、どういっているんですか？」

平田が、口を開いて、そんなきき方をした。

「五年前の中川真由美の殺しを依頼した時だが、たかだか、女一人の殺しなのに、大金を要求されて、イヤな奴らだと、思ったと、そういっている」

十津川が、いうと、平田が、急に笑い出した。

「ねえ、刑事さん、そんなウソをついて、俺たちに、小野寺理事長から、依頼されて殺しをやったと、自供させようとするのは、止めようじゃありませんか」

思わず、十津川も、笑ってしまった。

「分かった。どうも私は、ウソが下手でね。よく失敗するんだ」

十津川がいうと、今度は、星野が、

「俺たちはもともと、あの小野寺という男のことが、嫌いだから、別に、刑事さんが下手な芝居を打たなくたって、ちゃんと、しゃべりますよ」

と、いい、続けて、

「たしかに、俺と平田は、五年前、伊豆の東海岸を縄張りにするK組の組員だった。そんな時、あの小野寺が理事長をやっている団体が、東海岸で、マラソン大会を主催することになりましてね。ウチの組長のところに金を持ってきて、人と車の整理を頼むといったんですよ。それで、俺たち二人は、組長の命令で、あの理事長との、連絡係になって、打ち合わせをやった。三回か四回くらいしたかな。その時、顔を覚えられたんじゃないかな。こっちも、奴の顔を覚えましたがね」

「それが縁で、小野寺に、中川真由美殺しを依頼されたんだな？」

「ええ、そうですよ。小野寺に直接頼まれて、堂ケ島で中川真由美という女を船で沖に連れ出して、溺死させたんですよ。この時は、組に迷惑かけちゃいけないんで、組を脱けましたけどね。もう少し弾んでくれるかと思ったんだが、アイツはケチでね。金額の安さに、ガッカリしましたよ」

「それで、次は西新宿か？」

「ええ、今年になってから、女を殺しました。これも、あの理事長に、頼まれたんですよ。よく分からないんだが、五年前に堂ケ島で、本物の中川真由美を殺し、五年後には、今度は西新宿で、ニセ者の中川真由美を殺した。妙な殺しを、二つも頼まれたと思いましたけど、まあ、金になればいいやと思って、引き受けたんです。俺たちは、五年前に、K組も辞めてるから、自分で殺しを、売り込まなくちゃならなくなったんですよ」

「そして、今日、ホテルNに来たのは、堂ケ島での殺しの時に、君たち二人を見たという証人が、現れたので、その証人を殺すためにやって来たんだな？」

「理事長から連絡があって、実は、堂ケ島の例の事件に関する、証人が現れた。その証人が今、東京のホテルNに泊まっている。目撃者だから、早目に、始末しておいたほうがいいだろう。そういわれたんですよ。相変わらず、あの理事長は、ケチでね。お前たちの問題だから、金を払わないといわれましたよ」

「ホテルの、どの部屋に、証人が入っているのか、最初から分かっていたのか？」

亀井が、きいた。

「いや、最初は、ホテルNの、どこかの客室に、匿われているんだろうとは、思っていましたがね、部屋がどこなのかは、分からなかった。最初、理事長が、どうせ入口に近い部屋だろうと、いったんです。そこで、俺たちは、日曜日に、理事長が主催する都内のマラソン大会が、あるというので、そのマラソン大会を、利用することにしたんですよ。昨日になって、証人が泊まっているのは、エレベーターから、いちばん遠い、裏口近くの一五〇一号室だと分かったんです。そこで理事長に、急遽、マラソンコースを変更するように頼んだんですよ。裏口から非常階段を使えば、一五〇一号室に入れるはずだから、部屋に飛び込んで、証人を殺せる。俺たちは、マラソンランナーに紛れて、ホテルNの裏口に近づいて、非常階段に飛びつき、部屋の鍵を爆破して、あの部屋に飛び込んだんですよ。もう少しで殺せるところだったんだ。最近は、どうも、体のキレが悪くなったのか、うまくいかなくて」

平田が、苦笑した。

「君たちが、請け負った殺しだがね、どんな話があって、殺しを引き受けることになったのか、それを話して貰いたい」

と、十津川が、いうと、星野健太が、

「別に、知りたくはなかったから、聞かなかったですよ」

片腕のない平田は、

「俺は、変な殺しを、二つも、引き受けてしまったものだから、いったい、どうなっているんだろうと思って、俺なりに、調べてみたよ」

「それで、何が、分かったんだ?」

十津川が、きく。

「分かったのは、佐々木宗雄という、オリンピックのマラソンで、二回続けて優勝した、有名な、マラソンランナーのことですよ。俺たちが引き受けた二つの殺人の向こう側に、スポーツ界の英雄といわれた、この佐々木宗雄がいると分かったんですよ」

と、平田が、いった。

「佐々木宗雄のことが、分かった時、君は、どう思ったんだ?」

十津川が、平田に、きいた。

「最初は、こいつはすげえと思って、興奮しましたよ。何しろ、オリンピックの英雄の名誉が、かかっているんだからね。そいつの名誉を守るための殺しなんだ。だから、ただの殺しじゃないと思って、興奮したが、時間が経つにつれて、何だかバカらしくなってきたね。何だかんだといったって、たった一人の佐々木宗雄の名誉を守るためでしょう？　そのために、俺たちは、人を殺したんだから」

「じゃあ、君は、佐々木宗雄に腹が立ったか？」

「いや、バカらしくはなりましたけど、腹までは立ちませんでしたよ。それより、佐々木宗雄の名前を使って、金儲けをしている人間が、何人もいる。俺たちに、殺しをやらせた、あの小野寺という理事長なんか、その典型ですよ。ああいう連中のほうに、俺は腹が立ちましたよ。でも、まあ、そいつに、金をもらっているんだから、俺たちも、誉められたもんじゃないけどね」

そういって、平田が、笑った。

「君たちは、今年になってから、ニセ者の中川真由美を殺した。五年ぶりの殺人だ。どうして、小野寺理事長が、五年も経ってから、それもニセ者の中川真由美の殺害を、君たちに頼んだと思うかね？　何か知っているか？」

十津川が、きいた。

「ええ、少しは知っていますよ」

と、平田が、いう。

「それを話してくれないか？」

「あれもやっぱり、佐々木宗雄という、マラソンランナーの名誉を守るためなんですよ。名誉を守ることが、自分たちの、金儲けにつながっているんです。だから、ニセ者を殺したんだよ」

「しかし、普通なら、ニセ者なんか、殺す必要はないだろう？」

「分からないんですか？」

逆に、平田が、きいた。

「何が？」

「この場合は、逆にニセ者の中川真由美が、関係者を、脅したんですよ。何人もの人間が、佐々木宗雄の名前で、金儲けをしている。そのことに、あの、クラブのママさんは、気がついたんです。彼女も、金の匂(にお)いを嗅(か)ぐのが、結構、上手いんじゃありませんかね？　きっと、関係者に向かって、あんたたちは、本物の中川真由美を殺したんじゃないのか？　そうだ。それなら、私が、ニセ者の中川真由美になって、真相を、マスコミにバラしてやる。そうなったら、あんたたちは、これから、佐々木宗雄の名前で、金儲けができなくなるよ。そういって、あのママさんは、関係者を強請ったんだよ。関係者は、みんな、これは、大変なことになったと、思ったんじゃないかな。佐々木宗雄は死んだのに、まだ、その名前で金を儲けているヤツ、その筆頭が、あの、『四十二・一九五の会』の小野寺理事長なんだ。それで、俺たちに、ニセ者の中川真由美を殺してくれと、小野寺が、頼みに来たんだよ。殺されたクラブのママさんのほうも、殺しを頼んだ理事長のほうも、俺からいわせれば、まあ、どっちもどっちだな。死んだ人間の名前で、片方は金儲け、片方は脅迫で、金を巻き上げようとしていたんだから」

「なるほどね」

十津川が、うなずくと、平田は、急に意地悪い眼になって、

「刑事さんは、ひょっとして、北千住のママ殺しについては、動機が、分からなかったんじゃないの？」

と、きいた。

「いや、大体の想像ぐらいは、ついていたさ。ただ、決め手となる証拠が、なかったんだ。今の君たちの証言で、自信がついたよ。ありがとう」

十津川は、一応二人に、礼をいった。

この作品はフィクションであり、実在の個人・団体・事件などとは、いっさい関係ありません。（編集部）

二〇〇九年十月　講談社ノベルス刊
二〇一二年十月　講談社文庫刊

光文社文庫

長編推理小説
十津川警部 西伊豆変死事件
著者 西村京太郎

2020年9月20日 初版1刷発行

発行者 鈴木広和
印刷 堀内印刷
製本 ナショナル製本

発行所 株式会社 光文社
〒112-8011 東京都文京区音羽1-16-6
電話 (03)5395-8149 編集部
8116 書籍販売部
8125 業務部

ISBN978-4-334-79083-7 Printed in Japan

組版 萩原印刷